MA CROISADE

ou

LES MOEURS CONTEMPORAINES.

LE MANS. — IMP. DE JULIEN, LANIER ET Cᶜ.

M. BATHILD BOUNIOL.

MA CROISADE

OU

LES MOEURS CONTEMPORAINES

—

SATIRES

PARIS

SAGNIER ET BRAY | JULIEN, LANIER ET Ce
ÉDITEURS | ÉDITEURS
Rue des Saints-Pères, 66. | Rue de Buci, 4, f. S.-G.

1854

PRÉFACE.

Ma Croisade!.. contre le Siècle, devais-je ajouter à mon titre pour le rendre plus clair mais en l'allongeant. C'est à nos préjugés, à nos erreurs, à nos vices, qui sont, hélas! un peu ceux de tous les temps, que je m'attaque résolûment avec la plume, préférable sans doute, pour cette guerre, à l'épée.

Mon livre, tableau quelquefois sévère de la société contemporaine, est, j'ose le croire, un livre consciencieux, j'ai tâché qu'il fût vrai; aussi ne s'adresse-t-il pas, on doit le comprendre, dans certaines parties surtout, aux trop jeunes lecteurs. J'ai pris garde cependant, même alors que mon indignation éclate avec le plus de

1

véhémence, que ma colère fait explosion, de ne point dépasser les saintes limites posées par l'honnêteté comme par la charité. Si devant elles je m'incline avec respect, la satire pour le chrétien n'étant légitime qu'à cette condition, aucune autre considération ne fait hésiter ma plume, et j'écris, à ce qu'il me semble, avec une pleine indépendance de cœur et d'esprit. Voilà pour le fond ; quant à la forme, il ne m'appartient pas de l'apprécier sans doute, et le public seul est juge compétent ; ce que je puis dire au moins, c'est que je me serais fait scrupule de la négligence, craignant de paraître trop peu digne de la grande cause que je voulais glorifier. Je m'efforce d'ailleurs de plaire par la variété, passant, d'après le conseil du Maître,

Du grave au doux, du plaisant au sévère.

Si, dans mon vaste cadre, se rencontre parfois un sujet qui n'a pas le mérite de la nouveauté, — Et quoi de nouveau sous le soleil? disait Salomon, il y a trois mille ans, —j'avise à le rajeunir par les expressions ou le point de vue. Il faut instruire le lecteur, et tel doit être notre but suprême ; mais avec les intentions les meilleures, il ne faut pas l'ennuyer, ou le moins qu'on peut, surtout quand un motif sérieux n'excuse pas cette indiscrétion. Aussi j'ai pris soin d'écarter de mon livre, avec une sollicitude particulière, tout ce qui, de près ou de loin, pouvait rappeler certain genre trop en vogue de nos jours, et dont l'abus explique et justifie les préventions souvent légitimes du public contre la poésie. Puissé-je à cet égard donner le signal d'une énergique réaction !

Si d'ailleurs, et Dieu le veuille ! je n'étais pas resté trop au-dessous de ma tâche ; si l'inspiration ne faisait pas défaut à mon œuvre, je n'aurais pas à m'enorgueillir, mais à remercier, mais à bénir Celui de qui j'ai tout reçu. Poëte comme artiste, quiconque ne s'aveugle pas par l'illusion d'une vanité grossière, doit s'avouer qu'il est pour peu de chose dans son œuvre la plus belle ; pareil à l'instrument qui vibre sous une main savante, il ne fait qu'obéir. Plus l'inspiration lui vient forte et passionnée, plus elle dilate son cœur, féconde son imagination et rayonne dans son entendement par une sorte d'illumination intérieure, plus il lui faut reconnaître qu'une puissance mystérieuse le soulève, et qu'à elle seule revient l'honneur des merveilles sorties de la plume ou du pinceau.

Je m'applaudirais cependant du succès, non pas tant, peut-être, par la vanité d'auteur (hélas! oserai-je m'en dire exempt), que par la satisfaction plus haute d'un devoir accompli, dans la pensée d'avoir fait une œuvre bonne, utile, honorable, qui joint au sérieux du fond l'attrait de la forme, une œuvre par là durable peut-être. Heureux qui peut élever son monument à la Religion et à la Patrie!

SATIRES.

LA FRANCE DEVANT DIEU.

..... Et vos eritis mihi in regnum
sacerdotale et gens sancta.
(EXODUS , XIX.)

1.

C'était dans un jour sombre, et, malade, irrité,
Ne voyant que le mal, par ma fougue emporté,
J'exhalais mon courroux dans cette plainte amère :
« Tant d'excès lasseront le Ciel qui nous tolère,
Ah! poëte, du moins proteste hautement ;
Fais éclater ton vers comme un rugissement. »

« Ainsi toujours la France, au mépris de sa gloire,
Semble du culte ancien perdre toute mémoire.
De notre indifférence à voir l'entêtement,
Ce peuple tout entier qui vit brutalement,
Sans souci d'attester sa croyance indécise,
Reniant à la fois Jésus-Christ et Moïse ;

Chez nous, du plus grand nombre à voir l'insigne oubli,
L'athéisme en pratique et Dieu comme aboli,
Ah! je comprends l'Arabe et son cri de colère,
Raillé par ce colon qu'étonnait sa prière :
« *Roumiaken*[1], dit-il sur la natte dressé.
— Pourquoi m'appeler chien? reprend l'autre, offensé.
— Pourquoi? C'est que, pareil à la stupide bête,
« Jamais devant Allah tu n'inclines la tête;
« Et sans religion, me diras-tu, chrétien,
« Quelle est la différence entre l'homme et son chien? »

« Or, du fils d'Ismaël la sévère parole
Par malheur cependant n'était point hyperbole.
Comment, le rouge au front, nier la vérité
Et les excès flagrants de notre impiété?
Presque tous sont païens malgré le saint baptême.
J'entends à chaque pas l'exécrable blasphème
Dans la rue, et souvent aux portes du saint lieu,
Bruyamment éclater comme pour braver Dieu.
L'abstinence! vain mot, ainsi que la prière,
Pour tant de gens vivant plongés dans la matière.
Je les vois, sans songer même aux commandements,
A l'envi se gorger de vins et d'aliments.
Aux jours les plus sacrés, chère à la faim brutale,
La table des festins splendidement s'étale.
Que si quelque convive a par hasard la foi,

---

[1] *Chien de chrétien*, m'a-t-on dit, dans la langue vulgaire.

Et s'il ose en public rendre hommage à la loi,
Le généreux chrétien, l'honnête homme intrépide
Paraît un phénomène à la foule stupide,
Le plastron des moqueurs, pendant tout le repas,
Des sots raillants la loi qu'ils ne comprennent pas.

« Puis encor regardez : dimanches comme fêtes,
L'abrutissant labeur partout courbe les têtes.
Dans les jours les plus saints, Noël, l'Assomption,
Toujours pour le travail même obstination !
Partout l'affront public, ô mon Dieu, vous outrage ;
On aperçoit partout les maçons à l'ouvrage,
Hâlés par le soleil, blancs de plâtre et de chaux,
Grimpant et descendant le long des échafauds,
Active fourmilière ; ailleurs, près des fournaises,
Les forgerons tout noirs halètent sur les braises ;
Plus loin, nous entendons résonner les merlins ;
Partout chantiers ouverts et grands ateliers pleins.
C'est le maître, dit-on, qui de son droit abuse.
— Soit ! mais bien rarement l'ouvrier s'y refuse,
Et sans avoir toujours l'excuse de la faim,
Même alors qu'au logis nul ne manque de pain,
Et qu'un labeur fécond, grâce à la Providence,
Dans l'heureuse famille amène l'abondance.

« Dans nos cités où souffle un air empoisonné,
Par les bourgeois, encor, quel exemple est donné ?
Employés et commis, loin d'avoir du relâche,

Souvent dans le saint jour verront doubler leur tâche,
Au sordide comptoir rivés par l'intérêt,
Qui les tient à la chaîne et les lâche à regret.
Le dimanche partout on ouvre la boutique,
Tendant son trébuchet et guettant la pratique,
Voyez, à chaque pas, chaussetiers et tailleurs,
Lingères, bonnetiers, papetiers, relieurs.
La nouveauté riante en fredonnant étale ;
De la mode, plus loin, se montre la vestale ;
Et l'exact horloger, comme le tapissier,
Craint de fermer un jour sa porte au créancier.

« Pourtant je serai juste en ma satire franche :
Parfois, dès le matin, on ferme, le dimanche,
Pour le sanctifier ? — Raillez-vous donc ? Ici,
Ce premier des devoirs est le moindre souci.
Si l'on ferme, empressé, quand on n'attend personne,
Ce n'est point pour se rendre à l'office qui sonne,
Mais pour courir au loin, dans un riant Tibur,
Bruyamment s'égayer, déjeunant sous l'azur.
Si d'aventure il pleut, on revient de bonne heure,
Et, tout joyeux, laissant chez soi l'enfant qui pleure,
On va voir au théâtre, honnête mauvais lieu,
De cyniques bouffons se livrant à leur jeu,
A leurs grossiers bons mots applaudir en compère,
Rire du vaudeville épicé d'adultère,
Ou frissonner au drame et, plein de ses terreurs,
Savourer, pâlissant, d'effroyables horreurs ;

Puis on rentre dormir, ravi de sa journée.
— Sans prier? — Ma lectrice en est-elle étonnée?
O scrupule naïf d'un cœur novice encor!
Là, saurait-on prier si ce n'est le Veau d'or?
Tous ces honnêtes gens, dans leur ingratitude,
S'enfoncent lourdement avec béatitude;
Ils n'ont pas un élan qui du cœur monte au ciel,
Pas un seul grain d'encens pour l'ombre d'un autel.
Comme ils vivent d'ailleurs, scandale des familles,
S'élèvent leurs enfants, et les fils et les filles,
Tels que vils animaux, grandissant au hasard;
Sauf, quand arrive l'âge, ou plus tôt ou plus tard,
Une communion, la première et dernière
Pour beaucoup, et qu'on fait, ah! de quelle manière?...
Plus d'un entre eux, peut-être, hélas! ne tremble pas,
L'infâme, en imitant l'exemple de Judas.

« Mais pourquoi dans mes vers tancer de préférence
Du peuple et des bourgeois l'inepte indifférence?
Car trop souvent, aussi, l'exemple scandaleux
Qui devient leur excuse éclate au-dessus d'eux.
Parmi tous ces élus qui sont les fortes têtes
Pour la foule éblouie, artistes et poëtes,
Guerriers, juges, savants, avocats ou docteurs,
Combien de renégats et de profanateurs?
Combien dont l'œil grossier ne voit que la matière,
S'en vont stupidement la face contre terre,
Et quand la voix d'en haut leur crie: Éternité!

Hurlent en furieux : L'or ou la volupté !
O vous tous qui rampez devant l'abjecte idole,
Et vous à qui la gloire a fait une auréole,
Prenez garde, insensés, le juge ne dort pas ;
Et qui peut l'arrêter quand il étend son bras ?
Sacriléges, tremblez, tôt ou tard Dieu se venge ;
Et le vent du désert est moins prompt que son ange,
Quand, lassé de clémence, aux messagers ailés,
Invisibles bourreaux, il dit enfin ; *Allez !...*

« Les avertissements répétés, effroyables,
Certes ne manquent pas, de nos jours, aux coupables.
D'où vient que la nature, à notre œil dérouté,
Montre en janvier des fleurs et la glace en été ?
Infiltrant des venins dans la séve funeste,
A la plante elle-même inocule la peste ;
Et nous rendant amer jusqu'au raisin sucré,
Noircit lividement le fruit dégénéré ?
Pourquoi tant de fléaux, choléras et famines,
La guerre amoncelant de fumantes ruines,
Ou chez elles noyant les vieilles nations
Dans le sang débordé des révolutions ?
Pourquoi ces ouragans, sur les sublimes zônes,
Déchainés tout à coup, déracinant les trônes ?
Ou sur les hauts sommets la foudre avec fracas
Qui tombe et vient creuser l'abîme sous nos pas ?
C'est que peuples ou rois, obstinément rebelles,
Vont au mal comme si leurs pieds avaient des ailes.

Dieu frappe ces grands coups, espérant que l'effroi
Réveillera l'amour en ravivant la foi.
Mais quelques-uns à peine, hélas ! semblent comprendre,
Déchirant leurs habits, et le front dans la cendre,
Quand l'immense troupeau, qui s'étonne un moment,
Se remet à brouter bientôt tranquillement.

« Ah! si Dieu, par pitié nous donnant une trève,
Dans le fourreau consent à retenir son glaive,
Espérez-vous que, faible, il pardonne toujours,
Quand la menace enfin ne parle qu'à des sourds ?
Non, vous l'oubliez trop, hébétés de démence,
Sa justice infinie égale sa clémence,
Et s'il est patient, dans son éternité,
Peut-il encourager par trop d'impunité ?
Ne croyez pas de lui que toujours on se raille,
Ou contre vous, chétifs, qu'il craigne la bataille.
Pauvres nains, il veut bien pour un temps, roi des rois,
Permettre librement qu'on insulte à ses droits ;
Mais quand, vainqueur terrible, il saisira ses armes,
Alors vous vous tordrez dans l'angoisse et les larmes.
Idiots, ce sommeil, accablante torpeur,
Ne doit-il donc céder pour vous tous qu'à la peur ?
Pour arracher la foule à cette léthargie,
Qu'interrompt par instant la fièvre de l'orgie,
Faudra-t-il, vous donnant de suprêmes frissons,
Que la foudre à son tour se charge des leçons ?
Pour vous ouvrir les yeux et vous frapper l'oreille,

Qu'un bruit de cataracte en sursaut vous réveille ?
Et que sur la muraille, un jour, le doigt de Dieu
Montre partout l'arrêt écrit en traits de feu ? »

II.

Ainsi, prophétisant un destin formidable,
Je laissais déborder mon courroux implacable,
Et, ne pouvant porter plus longtemps ma douleur,
Dans ces vers enflammés j'épanchais tout mon cœur.

Un sage me répond : « Le cœur chaud se révèle,
Jeune homme ardent, toujours dans les excès du zèle ;
Mais faut-il, emporté d'un fougueux désespoir,
Pessimiste imprudent, voir ainsi tout en noir ?
Quoi ! de temps plus heureux, succédant aux orages,
Crains-tu de saluer les consolants présages ?
Partout nous rit l'espoir après les jours d'effroi,
Et dans les cœurs émus se réveille la foi.
Vers l'Église revient le courant populaire,
Quand, libre, elle bénit un pouvoir tutélaire
Qui sait où, loin de Dieu, va la société,
Et quels gouffres bientôt creuse l'impiété.
Au midi comme au nord déjà plus d'une ville
N'outrage plus le Ciel par le labeur servile,
Et peut-être avant peu, grâce aux hommes de cœur,
On chômera partout les fêtes du Seigneur.

Nous voyons accourir, chaque jour plus nombreuse,
Dans nos temples la foule, humble et respectueuse,
Et la main qui lui rompt le céleste froment,
Parfois suffit à peine à son empressement.
Les hommes par milliers vont à la table sainte;
Notre-Dame élargit pour eux sa vaste enceinte;
On n'en croit pas ses yeux que mouillent de doux pleurs.
Dirai-je, en ce beau mois tout embaumé de fleurs,
Pour ton culte touchant notre zèle, ô Marie?
Dans l'air pur, où l'on sent la fraîcheur de la vie,
Quels nuages brillants montent des encensoirs?
Et des cœurs quels parfums s'élèvent tous les soirs?
Sans doute le grand nombre encor, loin du Calvaire,
Dans les sentiers mauvais afflue et persévère;
Les scandales publics sont encor trop flagrants:
Autour de nous, hélas! combien d'indifférents?
Mais cependant j'espère, et je crois qu'à cette heure
Nous marchons à grands pas vers l'époque meilleure.

« La France ne peut pas rester à mi-chemin,
Elle si dévouée au pontife romain.
Pour l'exemple du monde il faut qu'elle devienne,
Comme en ses plus beaux jours, tout entière chrétienne.
Dans son indifférence elle a pu s'engourdir
Trop longtemps à coup sûr, mais non s'abâtardir.
La France n'en est pas à la décrépitude.
Coupable envers le Ciel de tant d'ingratitude,
Elle a remords enfin de ses trop longs mépris,

Et voudra l'attester : sa gloire est à ce prix,
Comme aussi son salut. Plus que jamais pour elle
L'impiété serait redoutable, mortelle.
La foi seule aujourd'hui, dans un double péril,
Peut assez fortement tremper son cœur viril.
Pour l'Europe, à cette heure, on craint un cataclysme,
Qu'il lui vienne du Nord, ou du socialisme !
Contre ces deux torrents, prêts à se déborder,
Dieu seul peut élever la digue et la garder.
Dans nos cités sans doute, où la foule s'apaise,
On ne respire plus comme un air de fournaise ;
Mais peut-être le feu, qui couve sourdement,
N'attend que l'étincelle, assoupi seulement.
Sous nos pas, je le veux, plus de volcan qui gronde ;
Mais au loin, mais là-bas, vers ces pôles du monde,
Où l'astre d'Austerlitz naguère se voila,
J'entends les hurlements des bandes d'Attila,
Et les chevaux hennir, alors déjà qu'il semble
Au choc des combattants sentir le sol qui tremble.

« Quoi donc ! allons-nous voir le flot des nations,
De nouveau, promenant ses inondations,
Déborder sur le monde, et, ravageurs stupides,
Pêle-mêle bondir Huns, Vandales, Gépides ?
Prepare-t-on encor leur curée aux vautours
Affamés d'un long jeûne ? Et ces terribles jours
Vont-ils donc revenir, où la flamme oscillante
Éclaire, à chaque pas, une trace sanglante ?

Dieu le sait ! mais enfin si le souffle attiédi
Qui caresse, embaumé, les fleuves du midi,
Attire de nouveau vers de plus doux rivages,
Ces hordes se lassant de leurs climats sauvages;
Si, comme l'avalanche, elles viennent du Nord,
Vers l'Occident blasé sous un ciel qui l'endort,
Menaçant à la fois France, Espagne, Italie;
Alors, pour raviver notre fibre amollie,
Et secouer partout ces immenses troupeaux,
Énervés aux cités par un lâche repos;
Non, ce n'est plus assez du feu patriotique,
Surtout contre l'ardeur d'un zèle fanatique,
Qui croit que Dieu le pousse au vaste égorgement
Quand d'effrénés désirs il suit l'entraînement.

« Contre le fanatisme et sa terrible escorte
La foi, qui vient d'en haut, serait seule assez forte,
Seule, pourrait donner à nos cœurs, à nos bras,
L'indomptable vigueur que voudraient ces combats;
Et, huit cents ans, s'il faut, soutenant nos courages,
Nous apprendre à lutter ainsi que les Pélasges.
L'homme qu'aux premiers jours du siècle on vit si grand,
Plus grand au lit de mort, pressentait, expirant,
Dit-on, l'Europe russe ou toute en république;
Non, l'Europe sera cosaque ou catholique;
C'est à nous de choisir ou la vie ou la mort,
Le radeau du naufrage ou le calme du port !
J'en crois ce fier penseur, cet héroïque athlète,

De Maistre, ayant parfois le regard du prophète :
L'effroyable géant, qui se dresse là-bas,
Menaçant d'étouffer le monde entre ses bras,
Tant qu'il marche, privé de la clarté suprême,
Entravé par l'erreur, ressemble à Polyphème,
Aveugle, chancelant, impuissant comme lui.
Tant que le vrai soleil à ses yeux n'a pas lui,
Et que devant Dieu même il ne veut pas contraindre
Son orgueil à fléchir, nous n'avons rien à craindre...
Confiance ! surtout si nous comptons, chrétiens,
Sur les anges du ciel pour être nos soutiens;
Si, vaillants dans la foi, pareils aux Machabées,
Nous ne nous troublons pas des murailles tombées,
Ou des remparts croulant sous les coups du bélier.
Quand la main du Seigneur est notre bouclier,
Qu'importent, contre nous, ceux qui s'arment du glaive,
Fissent-ils la rumeur des vagues sur la grève !
Qu'importe l'ennemi, vit-on ses bataillons,
Plus nombreux, plus pressés que le blé des sillons !
Un souffle balaira la formidable armée
Comme le vent emporte une vaine fumée;
Nos aigles, ralliant les peuples et les rois,
Sont sûres du triomphe à l'ombre de la croix. »

L'ARGENT.

Malgré moi reprenons ce vieux thème, ô poëte.
Mon indignation à regret se répète;
Mais c'est qu'aussi jamais on ne vit déchaîné
Plus désordonnément ce penchant effréné!
Jamais peuple chrétien, avec plus de furie,
Ne s'est précipité dans cette idolâtrie!
Voyez, faire fortune est le grand mot du temps;
Dans ce siècle, illustré par tant de charlatans,
Cette contagion infecte, horrible peste,
Plus des trois quarts du globe et menace le reste.
Combien par le Veau d'or devenus des païens
Qui veulent s'enrichir n'importe les moyens:
Fraude, mensonge, vol, bassesse, escroquerie!
Ils ont fait du commerce une piraterie,

Et là, trop rarement, l'austère probité
Tient la balance égale au gré de l'équité.
La faillite aujourd'hui n'est qu'un habile escompte
Dont le succès pour tous vite efface la honte.
Le sordide intérêt, soldant les dévouements,
Lui seul donne aux partis leurs douteux instruments.
Il souille par un faux la plume du notaire,
Comme il met le fusil aux mains du prolétaire.
Les lettres et les arts ne sont plus qu'un métier,
Et le poëte aussi jalouse le rentier.
Trop souvent pauvreté veut dire : Ignominie !

Quel aimant tout à coup vers la Californie
Attire ces vaisseaux surchargés d'émigrants
Que demain, sur la plage, on trouvera mourants?
Qui donc dans nos cités, autrefois catholiques,
Aux jours saints profanés fait s'ouvrir les boutiques,
Et, dans les champs voisins, qu'engraissent les troupeaux,
Courbe les travailleurs sans trêve et sans repos?
De leur impiété d'où vient l'idiotisme?
Avec l'oubli de Dieu leur sauvage égoïsme?
Qui donc fait que ce riche, avec des millions
Enfouis dans sa cave, est vêtu de haillons,
Et jeûne et meurt de faim, pour lui-même barbare,
Mais plus impitoyable encore pour Lazare?
Qui partout multiplie assassins et voleurs,
Et, pour les excuser, tant d'élégants parleurs?
Qui rend si lucratif l'abject libertinage,

La première industrie après l'agiotage ?
Quel despote aujourd'hui plus puissant que jamais,
Et plus roi que les rois, fait la guerre ou la paix?
L'or, l'or, par qui la banque, en jalouse, enveloppe
Dans ses vastes filets tous les peuples d'Europe,
Et, des fiers potentats balançant les destins,
Se rit en ses calculs de leurs nobles instincts.

Depuis vingt ans surtout que, dans la France entière,
S'exaltent les instincts de la vile matière,
La foule, à deux genoux, devant le saint métal,
Du Veau d'or à l'envi gratte le piédestal;
Un tripot est son temple, et, de cet antre immonde,
L'idole des païens règne encor sur le monde.
Les hasards de ce jeu, que la Bourse applaudit,
Aux États chancelants, seuls, donnent le crédit.
Du nouveau Parthénon aux voûtes triomphantes,
Ayant aussi son culte et ses hiérophantes,
Sortent, chaque matin, des oracles menteurs,
Mais trop sûrs, cependant, pour les spéculateurs.
Qu'importe à ces gens-là, profitant de la baisse,
Si, par un deuil public, ils remplissent leur caisse !
Si, pour les enrichir, il est des malheureux
Qui mendiront leur pain, *exécutés* par eux!
Que leur font le prochain, et famille et patrie !
Un sentiment vit-il dans leur âme flétrie?
Plus d'un sans doute entre eux, par l'appât alléché,
Eût trouvé que Judas faisait un bon marché.

Et du funeste jeu dirai-je les scandales
Dont les suites parfois ensanglantent les dalles ?
Car au Moloch du lieu qu'on appelle Plutus,
C'est peu qu'on sacrifie, honneur, santé, vertus ;
C'est peu qu'en holocauste, à son idole infâme,
On offre, chaque jour, les tortures de l'âme ;
Qu'il ait à savourer, comme un suave encens,
Les regrets, les douleurs, les éclats impuissants,
Rages de cœurs gonflés par l'envie ou les haines ;
Il lui faut quelquefois des victimes humaines ;
Des joueurs insensés qui, sans attendre au soir,
Sont pressés d'en finir avec leur désespoir,
Et, lâchant la détente au milieu de la foule,
Font fumer pour le dieu, leur sang qui, brûlant, coule.
Mais largement en vain se rougit le pavé,
L'émotion s'efface avant qu'il soit lavé.

DEUX REVENANTS.

Romantique, classique, à mon gré deux oisons,
Ou deux fous à loger aux Petites-Maisons.
Je les croyais défunts avec leur coterie,
Dos à dos enterrés dans quelque épicerie ;
Mais à tort, semble-t-il, ni l'un ni l'autre sot,
A la fosse acculé, n'a fait le dernier saut;
Voire même tous deux reprennent leur tapage.
Disons-leur donc leur fait dans une courte page.

Le premier, qui mesure, on le sait, le talent
Sur les poils de la barbe, est toujours l'insolent,
Le bruyant matamore, armé de la flamberge,
Qui transperce à ravir la citrouille ou l'asperge.
Toujours à nos géants s'attaquant en brutal,
Il choque son roseau contre leur piédestal.

Boileau, crétin pour lui! pardonne ce blasphème
Ombre auguste. Racine, il le traite de même;
Le cygne de Cambrai, l'onctueux écrivain,
Autre endormeur! dit-il. Et Bossuet en vain
S'élance, radieux, dans la vaste carrière,
Le noyant avec nous dans des flots de lumière;
Lui, que sa pesanteur affaisse sur le sol,
De l'aigle magnifique il conteste le vol,
Et dans l'astre au zénith il ne voit qu'une lune.
Il trouve en Lafontaine aussi mainte lacune;
Sa grâce inimitable échappe à ce hibou
Qui se croit l'œil du lynx, myope, dans son trou.

« Chez ces gens-là, dit-il, jamais rien qui réveille,
Nul mot, comme une bombe, éclatant à l'oreille.
Ils semblent, ménageant les plus humbles esprits;
Parler uniquement afin d'être compris.
Le bon sens ou le goût, ennemi du caprice,
Les tient à la lisière, ainsi qu'une nourrice,
Obstinément toujours s'attachant à leurs pas,
Et la moindre escapade il ne l'excuse pas.
Tant pis, c'est somnolent; vive la fantaisie!
Un peu d'extravagance aide à la poésie.
Casse-cou! le génie, aux élans vagabonds,
Veut librement courir et par sauts et par bonds.
Des mots les plus choisis parfumer son langage,
S'il vous plaît, qu'aux pédants on laisse ce bagage;
Plutôt que d'endormir, aux halles bravement

D'un parler pittoresque empruntons l'agrément.
De ces termes abrupts moi j'aime le contraste,
La guenille qui pend au manteau plein de faste.
La règle est pour les sots, pour les crânes étroits;
S'y pliant, le génie abdiquerait ses droits! »

Voilà sa poétique; à son aise avec elle,
Dès lors il peut marcher sans frein et sans tutelle.
Pour la grammaire à peine ayant quelques égards,
Il se joue au milieu d'incroyables écarts.
On le voit caresser toute image baroque,
L'horreur de ces détails dont le bon goût se choque,
Et, parmi les charniers se récréant les yeux,
Il aime à respirer un air cadavéreux.
Lui ne se gêne pas pour paraître au théâtre
Avec une verrue ou quelque ignoble emplâtre;
Hautain et débraillé, vautré dans les tripots,
Égalant à ses mœurs l'audace des propos.
Dans la pratique encor outrant la théorie;
Il mêle au sang qui coule une bouffonnerie;
Et, croyant émouvoir, ne comptant pas les morts,
Tueur, empoisonneur, il entasse les corps:
Peintre comme à plaisir sur la toile il étale
Toutes les crudités de la laideur brutale,
Les purulentes chairs de ses pestiférés,
Ou d'étranges vivants à l'air de déterrés;
Des orangs, des mandrills, pires que nous ne sommes;
Race dégénérée, et qu'il prétend des hommes.

1*

« Bravo ! parfait ! s'écrie un classique empesé,
Qui se drape en romain dans un carrick usé,
Et de lauriers flétris sur sa tête caduque
Ajuste les débris, honneur de la perruque.
Vous parlez d'or, ami, les vieux, rien que les vieux.
Les modernes, fi donc ! le public n'a pas d'yeux.
Du langage épuré cultivant la décence,
Craignons la liberté d'où naîtrait la licence.
Dans quel but tant d'efforts ? Pourquoi du grand chemin,
Tout frayé devant lui, sortir l'esprit humain ?
Faisons ce qu'on a fait d'après la vieille mode,
A l'aide des anciens, admirable méthode !
Et commode au surplus. Le moule est tout trouvé,
Nous avons sous les yeux le modèle achevé,
Gardons-le, sans chercher une forme nouvelle,
Par d'orgueilleux projets nous troublant la cervelle.
Entre nous, dites-moi, qu'ont produit les faquins
Qu'on renomme aujourd'hui, si vains de leurs bouquins ?
Rien qui vaille ! des vers que nul beau feu n'enflamme,
Où sans cesse le goût se voit contraint au blâme
Par la témérité qui se plaît aux éclats ;
Une prose qui n'est que galimatias.
Ce siècle assurément pâlit devant les autres.
Ravi, Monsieur, de voir que vous soyez des nôtres ;
Votre main, s'il vous plaît, ô jeune homme sensé. »

— Bonhomme, doucement, soyez moins empressé,
Je ne suis point pour vous, quoique peu romantique;

Et n'ai point dans les arts de culte frénétique.
Des maîtres d'autrefois disciple chaleureux,
Sur les nouveaux pourtant je sais ouvrir les yeux.
Si Virgile et Boileau sont restés mes intimes,
Chez tels que notre siècle a proclamés sublimes,
Je sais voir les beautés, regrettant les défauts,
L'écart du parti pris, le négligé, le faux ;
Mais j'admire la verve et ce vivant langage,
Qui rajeunit l'idée à l'aide de l'image.
On doit craindre l'abus, innover prudemment,
Mais non point dédaigner tout nouvel élément.
Jouissant du passé, faut-il que l'on s'endorme ?
Heureux l'art éclairé qui parfois se transforme !
Pleins de respect, d'amour pour d'illustres travaux,
Des maîtres, nos aînés, soyons humbles rivaux,
De la tradition ne brisons pas la chaîne,
Mais que ce noble joug ne soit point une gêne ;
Et des contemporains admirons les efforts,
Libres du préjugé, sans excuser leurs torts,
Hélas ! grands quelquefois. La plume magistrale
Trop souvent a blessé le goût et la morale ;
Le romantisme aveugle a, par ce double écart,
Ivresse de l'orgueil, surtout compromis l'art.
L'oubli de Dieu, chez l'homme entêté de lui-même,
Sur le Titan retombe en pesant anathème.
Instruit par ces erreurs et par leur châtiment,
Dans la route aujourd'hui marchons plus sagement,
Aimons la forme simple et cependant exquise,

La grâce du langage unie à la franchise,
Dans le style du mot je fuis la crudité,
Comme dans le tableau je crains la nudité.
Le prodige de l'art, le comble du génie,
C'est la vigueur qui brille à travers l'harmonie,
C'est l'image qui laisse, habile vêtement,
Une forte pensée éclater librement.
Le talent, le génie illustre, impérissable,
C'est celui qui, craignant de bâtir sur le sable,
Fait son œuvre à loisir, pour un but glorieux,
Monument solennel, élancé vers les cieux.

LA SUPERBE.

La veille on était pauvre, on n'était rien la veille,
Aujourd'hui l'on est riche ou puissant, ô merveille !
Le front humilié se relève soudain,
Et la lèvre se plisse avec l'air du dédain.
Pour peu qu'on ait alors, faible, une âme commune,
Quel éblouissement dans la bonne fortune !
Si j'en sais quelques-uns qu'elle a rendus meilleurs,
Le plus souvent, peut-être, elle endurcit les cœurs.
O périlleuse épreuve, ivresse redoutable !
On est d'autant plus fier, égoïste, intraitable,
Que, parti de plus bas, on arrive plus haut,
Ou que dans un grand poste on reste vain et sot.
Quoi ! l'exemple est banal, lieu commun de l'histoire !
Combien de son néant vite on perd la mémoire !

Plus d'un oublie, ingrat, le nom des vieux amis
A la table desquels son couvert était mis,
Dont il mangea le pain dans un temps moins prospère;
Tel autre reniera jusqu'à son propre père.
Et les maîtres nouveaux, surgis des derniers rangs,
Souvent sont les plus durs, sont les pires tyrans.
Si, volontiers encor, l'orgueil héréditaire,
Courtois, laisse passer la griffe de panthère,
Qu'est-ce auprès de celui qui, soudain, fait jabot,
Et chausse l'escarpin en quittant le sabot.

A voir certaines gens passer, le front superbe,
Enflés, épanouis, et droits comme la gerbe,
Et daignant sur la foule à peine ouvrir les yeux,
Vraiment on les croirait autant de demi-dieux,
Non de pauvres humains, créatures de boue.
Comme de nous aussi la vanité se joue!
D'où vient que ce monsieur se pavane aujourd'hui,
Si haut, si rayonnant, tout orgueilleux de lui?
C'est qu'il est habillé, le joli petit-maître,
D'un habit neuf qu'il doit à son tailleur peut-être,
Ayant souliers vernis et des gants beurre frais,
Dont la bourse d'autrui de même a fait les frais.
Voituré par hasard celui-ci se rengorge;
Un autre en se voyant monté comme saint George;
Est-ce lui qu'on admire et non pas son cheval?
Ce bel esprit obscur se juge sans rival,
Parce qu'on lit de lui, dans certain journal rose,

Une fadeur quelconque en vers ou bien en prose.
Chez les dames aussi, quels regards de mépris
Pour qui n'étale pas (et souvent à quel prix !)
Les chiffons à la mode, et rubans et dentelles !
Les femmes n'ont des yeux que pour ces bagatelles,
Par milliers se damnant pour porter du satin ;
Et les prêcheurs en foule y perdent leur latin !
Ce défaut capital voulait une satire,
Murmure-t-on. Lecteur, j'aurais eu trop à dire,
De notre temps surtout où ce luxe insensé,
Fatal, plus que jamais choque notre œil blessé ;
Quoi ! la moindre ouvrière a des fleurs et des plumes,
Drapant sa pauvreté dans d'élégants costumes !
Où pourrai-je trouver des mots assez sanglants
Contre un pareil délire ? On porte des gants blancs,
Des bijoux, du manchon on fait grand étalage,
Quand au logis tout manque. Et, partout, cette rage,
Qui, penchant obstiné, chez les mères déplaît,
Je la vois aux enfants sucer avec le lait.
Telle petite fille, encore à la mamelle,
Déjà cherche la glace et rit, se croyant belle.
Qui dira les écarts de cette vanité,
L'incroyable pouvoir de la frivolité
Qu'atteste ce Longchamp où triomphe la mode,
Dans nos jours les plus saints trop profane épisode ?

Or, si l'homme est si fat, si chatouilleux, si vain
Pour des riens, qu'est-ce donc, insupportable nain,

Quand il s'agit pour lui d'un objet moins frivole,
Vraiment grave, toujours d'après la raison folle?
Une fortune acquise avec ou sans labeur;
Un titre, un brillant poste, une illustre faveur;
Un succès pour l'artiste ou bien pour le poëte?
Comme vite à plusieurs alors tourne la tête.
A leurs airs triomphants, à leur port glorieux,
On croirait que du front ils vont toucher les cieux,
Et pour eux trop étroit semble déjà le monde!
Pourtant devant celui par qui l'orage gronde,
Et qui peut d'un seul mot créer des univers,
Devant Dieu que sont-ils, ces misérables vers?

N'accusons point trop haut leur dédain qui nous blesse;
Avons-nous éprouvé notre propre faiblesse?
Qui sait si le bonheur, nous portant au cerveau,
Ne mettrait pas aussi sur nos yeux un bandeau?
Qui sait si notre cœur serait moins vulnérable,
Et, soudain caressé d'un espoir favorable,
Moins prompt à se gonfler devant l'empressement
Qui rit dans tous les yeux aux élus du moment?
Nous a-t-on vus toujours, sans envie ou bassesse,
Avec un front serein, aborder la richesse,
Sans montrer tout d'abord aux heureux parvenus
Notre admiration dans nos regards confus?
Ils ont tort cependant, quand l'orgueil les égare,
Portés sur les hauteurs par les ailes d'Icare;
Ils ont tort d'oublier qu'ils sont là par faveur,

Que d'autres, sûrement, non moins dignes d'honneur,
Peut-être sont restés tout au bas de l'échelle.
La fortune d'ailleurs n'est qu'un droit de tutelle ;
Oh ! pourquoi se priver du plaisir généreux
Si doux aux nobles cœurs de faire des heureux ?
Et puis de leur richesse on sonde le mystère :

« Cet or, d'où leur vient-il ? dit le censeur austère ;
A leurs mains n'ont-ils pas de la fange ou du sang ?
Ils faisaient un métier, et lequel ? Commerçant,
Celui-ci s'enrichit en pillant la pratique,
Jadis dans sa caverne, autrement sa boutique.
Médecins, avocats, charlatans scandaleux,
On connaît leurs trafics. Ces banquiers dans les jeux
De la Bourse ou d'ailleurs ont garni leurs sacoches ;
C'est là du bien d'autrui qu'ils emplissent leurs poches.
Ce nabab, on ne sait quel métier fut le sien ;
Cet autre, on le sait trop ; mais quoi ! l'or ne sent rien,
Disait cyniquement cet empereur de Rome.
Grand bonheur, à coup sûr, pour tel fier honnête homme,
Telle femme d'honneur qui, dans de beaux salons,
Nous forceraient bien vite à tourner les talons ;
Car près d'eux, tout d'abord, suffoquant nos poitrines,
L'insupportable odeur monterait aux narines. »
De plus d'un riche ainsi nous parlent les jaloux ;
Pour les autres encor se montre-t-on plus doux ?
Pour les ambitieux que la faveur élève,
Caressante, soudain réalisant leur rêve.

S'ils sont pris du vertige, et que leur dignité
Les gonfle d'arrogance et de sotte fierté,
Gare alors autour d'eux, représailles intimes,
Des propos venimeux les flèches anonymes !
Se raillant du présent, on rit de leur passé,
Et malheur quand un jour le pied leur a glissé !
Imprudents, par l'orgueil irritant les colères,
Du pouvoir, quel qu'il soit, agents impopulaires,
Ils provoquent contre eux ces haines dont le flot,
Sur leurs têtes passant, parfois monte plus haut.

Inepte vanité ! misérable folie !
Se peut-il qu'à ce point dans la joie on s'oublie !
Homme altier, songe donc, pour t'élever d'orgueil,
Quelle figure on fait couché dans un cercueil,
Et qu'il faut tôt ou tard, qu'à la fosse on arrive !
Mais laissons de la mort la leçon instructive.
Ah ! les bonheurs humains, par leur fragilité,
Bien assez hautement prêchent l'humilité !
Voit-on pas, tous les jours, ces grandeurs de la terre,
Sous un choc imprévu se briser comme verre ?
Les Crésus de la veille, hélas ! le lendemain,
Plus dénués que Job, aller tendre la main ?
Et les hommes puissants, par faveur ou justice,
De leur faîte déchoir par un autre caprice,
Broyés en un clin d'œil par le bras souverain,
Avec leur piédestal qu'ils avaient cru d'airain ?
Tel illustre penseur, tel écrivain sublime,

Rejeté tout à coup dans la foule anonyme,
Et rayé par l'oubli du nombre des élus,
Fait pitié presque à ceux qui l'admiraient le plus.
Peut-être au fond du cœur il s'adora lui-même,
Et Dieu l'a foudroyé du châtiment suprême.
Son génie, évoqué comme l'ombre des morts,
Se dresse morne, ou bien parle ainsi qu'un remords.
Ceux même devant qui tout orgueil s'intimide,
Surgissant à nos yeux comme la pyramide,
Et qui semblaient comme elle affermis par les ans,
Les princes et les rois, on les voit, ces géants,
Parfois nous consterner de leur chute profonde,
Dont l'immense rumeur au loin emplit le monde,
Quand ce grand Dieu de qui seuls ils tiennent leurs droits,
Veut donner des leçons aux peuples comme aux rois.

LE SOUVERAIN ET LES SUJETS.

> Par Dieu les rois règnent ; et ceux que la
> naissance établit, parce qu'il est le maître de
> la nature, et ceux qui viennent par choix,
> parce qu'il préside à tous les conseils.
>
> (BOSSUET, *Des devoirs des rois.*)

I.

Qu'il soit légitimé par la tradition,
Ou qu'il fonde son droit sur une élection,
Le Pouvoir vient de Dieu, la source universelle ;
Par Dieu seul vraiment fort, tout d'abord il chancelle,
Si l'orgueil misérable ose, jaloux de lui,
Laisser pour un roseau l'inébranlable appui.
On tombe de plus haut : le revers suit la gloire.
Que d'exemples fameux éclatent dans l'histoire !
Ils montaient jusqu'au ciel ces superbes néants,
Dieu souffle et nous cherchons la trace des géants.
Des chefs de nations sur lesquels tout repose,
Immense est le devoir ; heureux un Théodose !

Quelle tâche, surtout dans un milieu chrétien !
Ailleurs, jouet du sort, les peuples ne sont rien ;
Tout au plus semblent-ils le vil troupeau que saigne ;
Ou, du moins à son gré, tond le boucher qui règne:
Chez nous, peuples bénis auxquels rit l'Occident,
Il n'en est point de même ; équitable et prudent ;
Le pouvoir doit marcher dans la plus noble voie ;
Et veiller que jamais l'erreur ne l'y fourvoie:
Le prince cependant peut lui payer tribut ;
Mais, avec le bonheur de son peuple pour but,
Le ciel pour récompense, intrépide, il s'anime,
La chute d'un instant le rend plus magnanime ;
Sans compter sur lui-même, en Dieu seul espérant,
Le plus humble de tous, il reste le plus grand.
De la piété mâle il veut donner l'exemple,
Souvent agenouillé sur le parvis du temple,
Et, comme saint Louis, glorifiant la loi,
Par les fortes vertus il atteste sa foi.
D'un peuple généreux le roi moins que le père,
Il coulera paisible un règne tout prospère,
Heureux par des heureux de s'entendre bénir.
Prévoyant à semer pour le long avenir,
Sur tout il ouvre l'œil, de peur qu'à l'imprudence
On ne soit incliné par l'excès d'abondance ;
De peur qu'à son insu quelque relâchement
N'attire le fléau, douloureux châtiment.
S'il brise sans pitié la plume des sophistes,
Il aime à voir briller les lettrés, les artistes ;

Mais sa main tutélaire en protégeant les arts
Ainsi qu'un mur d'airain s'oppose à leurs écarts.
Sur l'humble enfance, objet de sa haute tutelle,
Il veille avec l'ardeur d'une âme paternelle;
Habile à raffermir l'édifice ébranlé,
Il court au fondèment, et du fleuve troublé,
Roulant trop de limon, emporté dans sa course,
Pour épurer les eaux il remonte à la source.
Vaillant et modéré, doux autant que puissant,
Jamais, pour la conquête, il ne verse le sang;
Seule la violence ou le droit qu'on outrage
Pour une juste guerre exalte son courage.
Ainsi l'État fleurit dans l'ordre et dans la paix,
Et stable est le Pouvoir fondé sur des bienfaits.

II.

Mais si du souverain le devoir est austère,
Le sujet a les siens qu'il ne faudrait pas taire.
Au pouvoir les respects, la primauté d'honneur,
Non parce qu'il est fort et que, faible, on a peur,
Mais par le noble élan de la reconnaissance
Qui rend au cœur joyeux douce l'obéissance.
De Dieu qui nous protége il devient l'instrument,
Agit-il par orgueil plus que par dévouement!
Ne voyons pas en lui l'homme né de la terre,
Mais de quel souverain il est le mandataire.

Vénérons donc son titre et son autorité.
Point de dédain ! aussi point de servilité !
Loin de nous la bassesse ou l'étroit fanatisme,
Comme aussi les mépris du hautain égoïsme.
Farouche me paraît celui qui peut blâmer
Qu'on aime un souverain sachant se faire aimer.
Plût au Ciel sur ce globe où la race fourmille,
Que tout peuple ne fût qu'une grande famille !
Et pour l'homme, d'ailleurs, point de culte abusif,
Même dans la chaleur d'un sentiment naïf.
Qu'il nous trouve toujours rigoureux, inflexible,
Si jamais il pouvait, — exigeant l'impossible —
Téméraire, ordonner ce que le Ciel défend !
Mais un loyal chrétien, dans sa candeur d'enfant,
Même-alors qu'il dit : Non ! prêt à tout sacrifice,
Montre encor les respects d'un cœur sans artifice.
Il sait que, même aux jours de suprême péril,
Où l'excès du malheur exalte un cœur viril,
Contre un pouvoir sans frein, usurpateur, l'Église
Tremble de décider quand la force est permise.

Du pouvoir que l'on parle en style modéré,
Car, par sa charge au moins, l'homme est transfiguré ;
D'un triste lendemain follement responsables,
Craignons le lourd fardeau sur nos têtes coupables ;
Aux révoltes poussant par les hautains propos ;
Les balles font parfois moins de mal que les mots !
Oh ! sage autant qu'heureux pour moi le solitaire

Qui prise à leur valeur les grandeurs de la terre,
Calme, en voyant passer les peuples et les rois,
Sait qu'il n'est d'immuable ici-bas que la croix.
Que ce soit Monarchie, Empire, République,
Dans l'Europe vieillie ou la jeune Amérique,
Le chrétien s'applaudit, satisfait de son lot,
Ou, pour se résigner, lève les yeux en haut.
Ce qu'on juge le droit, pour d'autres contestable,
Doit-il ronger le cœur d'un désir implacable,
Pour nous tourment cruel, nous enflammer contre eux
De ce zèle jaloux, amer, impétueux?
Faut-il nous mesurer en haineux adversaires
Pour des opinions, quand Dieu veut qu'on soit frères?
Non, sachons nous aimer sous des drapeaux divers!
Plût au Ciel! noble vœu qui m'échappe en ces vers,
Plût au Ciel que demain l'amour patriotique
Calmât dans tous les cœurs la fièvre politique!
Et qu'au pied de la croix, salut du genre humain,
On nous vit tous heureux de nous donner la main!

LES RIMEURS.

Je hais tout franchement les rimeurs de sornettes
Qui ne parlent que d'eux et de leurs amourettes ;
Et de ces fats on sait s'il en manque aujourd'hui !
Ce genre monotone, inventé par l'ennui,
Et qu'ils ont appelé la poésie intime,
N'a pas ma sympathie, encor moins mon estime.
Poëte maintenant signifie endormeur,
Pour la plupart des gens. Moi-même, avec humeur,
Souvent presque assoupi par l'élégie ou l'ode,
J'ai dit : Pour s'égayer autant lire le code
Que des vers sans esprit, où le cœur n'est pour rien,
Vrai robinet d'eau tiède. En auteur peu chrétien,
Larmoyant, naziller sa complainte éternelle,
Sur de sottes amours, maussade ritournelle ;

Ou des chagrins niais, puérils, sans motif,
Qui rongent, dans le vide, un cerveau maladif;
De ce vague tourment, cher au cœur qu'il oppresse,
Et que l'hypocondrie engendre ou la paresse ;
De ces déceptions, blessures de l'orgueil,
Remplir tout un volume, insipide recueil,
C'est vraiment du loisir un emploi ridicule,
Et j'admire qu'on ait aussi peu de scrupule.
Ah! certes, mieux vaudrait faire, en loyal marchand,
Quelque utile commerce, ou bien bêcher son champ,
Ou pousser la varlope au fond d'une boutique,
Courageux artisan, que, bavard poétique,
Sans but user sa vie à torturer les mots,
Et redire un même air sur ses vains chalumeaux.
Ces Tircis cependant, si tendrement moroses,
Qui s'inondent de fleurs et du parfum des roses,
Roucoulant, soupirant, fades et langoureux,
Pour l'amateur distrait sont les moins dangereux.
Plus perfides ceux-là dont le libertinage
Rit sous le masque adroit d'un savant badinage,
Et dans de vifs récits, de folâtres chansons,
Sait trop l'art d'égayer ses infâmes leçons.
Hélas ! hélas ! combien rares sont les poëtes
Aimables et décents, attrayants quoique honnêtes!
Mais les satans de l'art, tu les sangles ailleurs;
Continue à berner, Muse, les rimailleurs.

Le public n'a pas tort de préférer la prose

Qui parle clairement et lui dit quelque chose,
A ce langage obscur, vide ou gonflé de vent,
Le somnolent pathos du poëte rêvant.
« Mais je n'y comprends rien ! quel étrange grimoire ! »
Dit le lecteur sensé, qui tira de l'armoire
Par hasard le volume, et, tisonnant son feu,
Déchiffre ce français comme on fait de l'hébreu.
Ah ! si la poésie en tous lieux est proscrite,
Et, vagabonde, hélas ! cherche un toit qui l'abrite ;
Si dès qu'elle apparait, en lui tournant le dos,
Les plus honnêtes gens et non les seuls lourdauds,
Des gens d'esprit, de cœur, qu'on estime et qu'on aime,
Ne peuvent retenir un bâillement suprême ;
Il faut surtout, il faut du discrédit des vers,
Accuser les rimeurs ennuyeux ou pervers.

Aussi du vieux Régnier imitant la franchise,
A plus d'un qui s'admire, enflé par la sottise,
Je dirais volontiers : « Sire baudet, pardon,
Hé ! croyez-vous qu'aux champs il n'est plus de chardon ! »

LES PENSIONS.

Mère, choisissez bien et tremblez de faillir !
Oh ! quels doutes poignants vous viendraient assaillir,
Quelles anxiétés si par expérience,
Vous possédiez ma triste et certaine science !
Si vous aviez appris, à n'en pouvoir douter,
Ce qu'une seule erreur, hélas ! peut vous coûter.
Mère, songez-y bien, dans votre choix suprême,
Ami de vos enfants autant que de vous-même,
Je ne vous parle point au hasard et par jeu,
Mais la main sur le cœur, en présence de Dieu ;
Je dis ce que j'ai vu. Donc, ô mère si tendre,
A des dehors menteurs ne vous laissez point prendre ;
Gardez-vous des marchands de soupe.... et de poisons !
Sans doute on cite encor d'honorables maisons,

Des hommes pour lesquels, bien loin d'être un négoce,
Leur sainte mission devient un sacerdoce,
Ils sont comme un bon père avec ses chers enfants,
Doux et ferme, à la fois, pour les voir confiants,
Sachant les attirer par d'aimables paroles,
Se mêlant au besoin même à leurs jeux frivoles,
Punissant rarement mais toujours à propos,
Souvent par un regard, un geste ou quelques mots.
Franchement vertueux, ils prêchent davantage
Par l'exemple vivant que par le froid langage.
Hommes trop peu connus, les Rollins du moment,
Et dont la vie entière est un long dévouement,
Honneur et paix à vous! Oh! quelle joie intime
Pour moi de vous payer ce doux tribut d'estime!
Pourquoi faut-il que tous ne le méritent pas?

Est-ce une vérité? répondez-moi tout bas.
Quoi! de ces pensions n'en est-il pas bon nombre,
De celles que la vogue, hélas! peut-être encombre,
N'en est-il pas beaucoup que, vous, hommes loyaux,
Jugez, pour le pays, le pire des fléaux?
Oui, telle pension où l'enfance est nourrie,
Ce n'est le plus souvent qu'une ménagerie
D'animaux malfaisants, d'indomptables vauriens,
Que non sans grands efforts enchaînent leurs gardiens.
Et pour les malheureux que la besogne est lourde!
Entre eux et les bambins guerre implacable et sourde!
Les enfants, contenus seulement par la peur,

Cachent leur désespoir sous un calme trompeur,
Et se vengent, parfois, d'une façon cruelle.
Les pensums, il est vrai, leur pleuvent comme grêle ;
Stérile châtiment pour les petits démons,
Ennuyés, sans profit, de pensums, de sermons.
L'enfant, las des discours, ne comprend rien au blâme,
Si, pour le réchauffer, il n'y sent point une âme ;
Rebelle à vos conseils, loin d'avouer son tort,
Il se borne à plier sous la loi du plus fort.

Aussi dans ces maisons, que pourtant on renomme,
On songe au bachelier, mais point du tout à l'homme ;
On bourre les marmots de grec et de latin :
Si le mets est friand, leur vie est un festin.
Ils peuvent au régal des deux langues antiques,
Joindre pour le dessert force mathématiques.
D'ailleurs on les nourrit d'autres mets plus réels,
Flattant peu le palais, lourds et substantiels.
Deux ou trois fois le jour, connaissant sa nature,
A l'animal vorace on donne la pâture.
Bref, on a quelque soin de l'esprit et du corps ;
Il faut des écoliers intelligents et forts,
Et l'on croit pleinement résolu le problème,
Dès que, sans solécisme, ils vous brochent leur thème,
Ou montrent le vrai sens dans un texte éclairci.
Mais de l'âme et du cœur a-t-on pareil souci ?
Songe-t-on à tremper, pour le devoir austère,
Dans les fortes vertus un jeune caractère ?

Tâche-t-on avant tout qu'il soit homme de bien,
Armé dans les périls de la foi du chrétien ?
Allons donc ! quoi ! penser à des misères telles,
Et perdre ainsi le temps, maître, à ces bagatelles !
On n'est pas des cafards !... Et l'enfant, comme il peut,
S'élève à l'aventure et devient... ce qu'on veut,
Un phénix sur les bancs, lauréat émérite,
Qui brille au grand concours et que le journal cite,
A moins qu'il reste un sot, un banal écolier,
Qui dans la classe apprit savamment... à bâiller.

Malheur certes, malheur à notre chère France
Tant que des charlatans, se faisant concurrence,
De scandales pareils affligeront nos yeux !
Tant que des lettrés vils, commerçants odieux,
Dans leur vocation verront une industrie,
Un vulgaire métier, malheur à la patrie !
Quels disciples font-ils ? La génération
Sort mûre bien souvent pour la corruption,
De cette école immonde où les âmes candides
Respirent à l'envi des miasmes putrides.
Car je n'ai pas tout dit, et, tremblant de parler,
Il est de ces détails qu'on craint de dévoiler !
Mère, sachez-le bien, guettant vos fils novices,
Là pullulent souvent de détestables vices.
Pourquoi ce teint livide et le cercle des yeux
Chez l'enfant de dix ans qui semble déjà vieux ?
Pourquoi la mort qui vient ? C'est un mystère sombre,

Lamentable secret qu'il faut laisser dans l'ombre !
Qu'apprendrais-je d'ailleurs au sage qui me lit ?
Et pour les ignorants j'en ai déjà trop dit.

Ah ! Dieu veuille exaucer mes vœux patriotiques !
C'est qu'on ferme d'un coup ces honteuses boutiques.
Je le dis librement et du fond de mon cœur,
Profondément navré d'une longue douleur !
Que des lois au plus tôt l'autorité puissante
Arrache à ces marchands la jeunesse innocente !
Qu'au plus tôt on les chasse et tire du bourbier
Tous ces pauvres enfants dont ils font leur gibier.
De la traite là-bas nous pleurons les victimes,
Croit-on de celle-ci que moindres soient les crimes ?

Mère, veuillez m'entendre, encore un dernier mot,
Que ma voix aille au cœur ! Je vous le dis bien haut :
Moi, si j'avais connu le bonheur d'être père
Et ces ravissements d'une union prospère ;
Moi, si j'avais des fils, nés de chastes amours,
Orgueil de l'âge mûr, espoir de mes vieux jours ;
Je n'accepterais pas, pour le prix d'un royaume,
De les jeter vivants dans pareille Sodôme ;
Je voudrais les voir morts plutôt qu'ensevelis
Dans ces bagnes d'enfants, hélas ! trop bien remplis,

LA DENT DE LA VIPÈRE.

Je n'aime pas, pour moi, qu'on se plaise à médire,
Et fuis les gens enclins à ce triste défaut.
Voulez-vous, dira-t-on, nous défendre de rire,
Et que, pour s'égayer, on n'ait le petit mot?
Le grand mal si parfois l'épigramme déride
Quelques fronts assombris par l'ennui des salons,
Et mêle un trait piquant à la phrase insipide,
Qui, grâce à tant de sots, nous rend les soirs si longs.
— Et je réponds : ce mot qu'on dit à la légère,
Souvent sans y penser, sans savoir ce qu'on dit,
La parole moqueuse, ou vraie ou mensongère,
Qu'on lance en se jouant et dont la foule rit,
Peut-être en d'autres lieux fera couler des larmes
Que vous n'essuirez pas, et peut-être du sang;

Oui, relevé peut-être à la pointe des armes,
Ce bon mot causera la mort d'un innocent.
Écoutez un récit :

Dans ma petite ville,
Un ménage vivait, digne des anciens jours,
Le soupçon à tous deux eût paru chose vile,
Un ciel d'azur planait sur leurs calmes amours.
Un ami quelquefois leur faisait des visites,
Jeune homme au front candide, au sourire ingénu,
Vivant, ou peu s'en faut, ainsi que les ermites,
Pour l'art, son seul amour, ou plutôt pour sa mère,
Qu'unique enfant, tout jeune, il apprit à chérir,
Et qu'il lui semblait doux, même au prix d'un salaire
Gagné péniblement, à son tour de nourrir.
Aussi, bien que parfois leur pauvreté fût telle
Qu'à peine ont eût du pain, ils s'estimaient heureux,
George inclinait au bien, sa pente naturelle,
Mais il était né fier, ardent, impétueux ;
Ce jeune homme timide et qui, fuyant le monde,
Aux regards d'une enfant sentait rougir son front,
Sans pouvoir contenir sa colère qui gronde,
Pour l'ombre d'une offense avait le geste prompt.
L'orgueil, qui souvent couve au cœur du solitaire,
Le rendait ombrageux, même avec un ami,
Et le sien, par malheur, avait son caractère.

Un soir, dans un salon, où souvent j'ai dormi,

Ils se trouvaient tous trois, les époux, le jeune homme ;
Le mari, qui jouait d'assez méchante humeur,
A la table de wisth, perdait notable somme,
A quelques pas d'un cercle, où, banal amateur,
Un fat lisait des vers sur l'éternelle gamme,
Pour la dixième fois répétant son quatrain.
Le jeune homme dansait, plus loin, avec la dame,
Aussi la médisance allait son joyeux train.
A propos des danseurs on parla du ménage
Et bientôt circula maint quolibet grivois ;
Plus d'un renard gascon daubait le mariage.
A la fin un bavard murmure à demi-voix :
« Le galant de la dame a l'air fort curieux,
Il en parle, dit-on, comme on fait de sa belle,
Et parfois la regarde avec de bien grands yeux ;
Le mari ne voit rien et ne sait pas qu'on cause. [d'ailleurs,
— Pauvre époux ! dit quelqu'un, je le plains ; mais,
Je crois que méchamment on aggrave la chose. »
Or, Alfred, le mari, quoique loin des railleurs,
Avait tout entendu, grâce à l'écho fidèle.
Brusquement il se lève en oubliant le jeu.
Au cœur il sent déjà la blessure cruelle
Que fait un noir soupçon, et son œil est en feu ;
Il voit son jeune ami qui lui paraît sourire
D'une façon coupable et le voilà jaloux.
Georges qui, confiant, s'empresse à reconduire
La dame, a rencontré le regard de l'époux,
Tout surpris d'y trouver l'éclair de la menace.

Le mari vient à lui, froid et silencieux;
Le jeune homme interdit fait asseoir à sa place
L'épouse qui répond d'un geste gracieux.
Et le danseur — sans doute il aurait dû se taire —
Murmure étourdiment et peut-être troublé :
« Oh! mais vous n'êtes pas quitte envers moi, j'espère,
Avant la fin du bal, hélas! vite écoulé... »
Le mari l'interrompt d'un ton rude: « Madame
A besoin de repos et ne dansera plus,
Surtout avec Monsieur. » — L'autre, dont l'œil s'enflamme
Alors, tout à la fois menaçant et confus :   [doute,
« Monsieur, que veux-tu dire? Est-ce à moi? — Mais sans
C'est à vous-même. — A vous! tu me dis vous, pourquoi?
De la part d'un ami ce mot est une insulte; écoute...
— Je ne veux pas, monsieur, qu'on se raille de moi,
Vous pourrez moins souvent hanter notre demeure...
— Comment, c'est la maison qu'on me ferme, reprend
Le jeune homme fougueux, qui de colère pleure
Et de regret aussi; vieil ami vaut parent,
Et moi, ton plus ancien, tu pourrais t'y résoudre,
Toi, me chasser? — Peut-être... » Il n'a pas achevé.
Par un geste soudain et plus prompt que la foudre,
Le bras du fier jeune homme à l'instant s'est levé,
Et sa tremblante main que la colère égare,
Outrage solennel! va toucher l'autre au front,
Le frappe en plein visage. En vain on les sépare,
Pour un soir seulement, car public est l'affront,
Et maintenant il faut qu'un combat en décide;

Il faut, comme l'on dit, satisfaire à l'honneur,
Satisfaire à l'honneur au prix d'un homicide,
Au risque du remords qui torture le cœur !
Mais le monde qui, lui, pour un crime vulgaire,
Maudit l'homme à couteau comme un lâche assassin,
Dès lors que l'instrument est une arme de guerre,
Applaudit, sans scrupule, à l'adroit spadassin.

Nos amis, par malheur, étaient dans ces maximes;
Une sauvage erreur leur faisait un devoir
Du meurtre réfléchi, crime parmi les crimes.
A voix basse, en sortant, on se dit : Au revoir !
En dépit de l'épouse, en dépit de la mère,
Rendez-vous fut donné ! Grâce au double parrain
Que l'usage réclame, en s'aidant du mystère,
On put se rencontrer sur le même terrain
Dès le matin suivant, rencontre, hélas ! cruelle !
Et pourtant chacun d'eux sentit battre son cœur,
Et son front se voiler d'une pâleur mortelle.
Chacun d'eux frissonna; ce n'était pas de peur,
Car à leurs cils tremblait une larme furtive.
Si l'honneur ou l'orgueil leur eût permis d'oser,
Et de prêter l'oreille à cette voix plaintive,
Certes l'on n'eût pas vu les deux fers se croiser.
Seuls, peut-être, certains que vaine est leur querelle,
Et qu'ils furent tous deux trop prompts à s'offenser,
Se retrouvant bien vite une âme fraternelle,
Ils eussent, l'œil en pleurs, couru pour s'embrasser.

Mais Satan était là qui guettait ses victimes;
Le fatal point d'honneur, inventé par l'enfer,
Lui seul est écouté de ces amis intimes,
Et le combat commence, et l'on croise le fer.

Oh! qui racontera la déplorable scène?
Comment chacun d'abord sentit trembler sa main,
Et, craignant un regard où ne luit pas la haine,
D'un fer mal assuré choque un fer incertain.
Mais un sang plein d'ardeur dans leurs veines bouillonne;
Puis devant les témoins l'orgueil rend sérieux.
Le belliqueux instinct bientôt les aiguillonne,
La fièvre du combat étincelle en leurs yeux,
Par degrés on s'anime et la nature emporte.
George, blessé d'abord, a vu couler son sang,
Mais pour tenir le fer sa main est assez forte,
Et sur l'autre qui doute il bondit frémissant.
A frapper seulement, implacable, il regarde,
Et le fer égaré, qui ne calcule pas,
Dans le sein fraternel plonge jusqu'à la garde.
Le malheureux chancelle en étendant les bras;
Et le vainqueur blessé chancelle aussi lui-même.

Alors la pitié rentre au cœur de tous les deux,
Et chacun, s'oubliant à cette heure suprème,
Vers son ami tombé tourne en pleurant les yeux.
Ce n'est plus ce regard menaçant et farouche,
La main cherche la main afin de la serrer,

Des mots entrecoupés s'échappent de leur bouche :
« Mon frère ! mon ami, l'enfer dut m'égarer ?
— Non, non, George, c'est moi, pardonne, ami, pardonne !
Au prix de tout mon sang, Dieu veuille te sauver ;
Ta vieille mère, hélas ! qui n'aurait plus personne,
Mon ami, pour ta mère il faut te conserver.
Que j'étais insensé, pour un motif futile...
— Tu devais tant souffrir, pauvre Alfred, du soupçon ! »

Le médecin présent se jugeait inutile,
Car de la mort tous deux ressentaient le frisson.
« Ami, dit le plus jeune, entr'ouvrant la paupière,
Un même crime, hélas ! nous conduit au tombeau,
Tu dois te rappeler quelque simple prière
Que murmurait ta mère auprès de ton berceau ?
Sauvez-nous, bonne Vierge. Oh ! si quelque saint prêtre
Du moins nous eût bénis !... » Dieu voit le fond du cœur ;
Ce vœu qu'un repentir sincère avait fait naître
Fut entendu là-haut. D'un bon vieillard, pasteur
De deux hameaux voisins, à travers le feuillage
Et non loin de l'église, on voyait la maison.
Une triste rumeur, en courant le village,
Avertit le curé. C'était la floraison,
Et dans son petit clos, appuyé sur sa bêche,
Joyeux, il admirait ses pommiers tout en fleurs,
Et ces roses d'avril qui promettent la pêche.
Un enfant vient à lui les yeux baignés de pleurs,
Et raconte, éperdu, la douloureuse histoire.

Jetant vite la bêche, il prend sa robe noire
Qui couvrait le gazon où d'abord il s'assit,
La revêt à moitié, puis, en dépit de l'âge,
D'un pas qui semble jeune, il marche vers le bois,
Où des infortunés, émules de courage,
On entendait de loin la murmurante voix.
Sa vue, à tous les deux arrache un cri de joie.
Lui, qui sent son cœur prêt à se fondre en sanglots,
Mais tremble que la mort ne ravisse sa proie,
Hélas ! témoin souvent de lugubres tableaux,
Comprime sa douleur, et, vénérable apôtre,
Pressé de les absoudre, il entend les aveux,
Parfois mêlés de pleurs, et de l'un et de l'autre,
Puis, au nom de son maître, il pardonne à tous deux,
Ce devoir accompli les console et soulage ;
En se montrant le ciel ils se serrent la main,
Une douce ferveur brille sur leur visage.

Le paternel vieillard attendri de les voir,
En s'essuyant les yeux, aide à panser leurs plaies,
Et puis dans son logis s'offre à les recevoir.
Le funèbre convoi, qui passe entre les haies
Des églantiers fleuris, s'avance lentement,
Au milieu des sanglots, vers l'humble presbytère,
On a touché le seuil du pauvre appartement.
Les blessés, sur le lit qu'on improvise à terre,
A peine sont placés, que des cris au dehors
Dont ils ont tressailli se font soudain entendre ;

« Oh! nous voulons entrer qu'ils soient vivants ou morts!

Les embrasser au moins! Ose-t-on le défendre ? »

Et deux femmes à qui l'on fait obstacle en vain,

Une épouse éplorée, une mère tremblante

Sur le seuil de la porte apparaissent soudain;

Puis se précipitant vers la couche sanglante,

Y tombent à genoux, couvrent d'embrassements,

Inondent de leurs pleurs les deux chères victimes.

Mais après cette étreinte et les premiers moments

D'une indicible angoisse où l'amour rend sublimes

L'une et l'autre, l'on voit se relever leurs fronts.

« Songeons à les sauver, à murmuré la mère;

Oui, malheureux enfants, oui, nous vous sauverons ! »

Et l'épouse à son tour : « Seigneur, mon Dieu, que faire?

Le sang coule toujours, on ne peut l'arrêter ! »

Hélas! il est trop vrai, vainement les deux femmes,

Contre la mort qui vient s'épuisent à lutter.

Ainsi que fait la lampe aux vacillantes flammes

S'éteignant par degrés à défaut d'aliment,

Ou comme l'arbrisseau qu'en passant la faux tranche,

On voyait les blessés s'affaisser doucement;

On a beau relever leur tête qui se penche,

Sans cesse elle retombe. A peine si leurs mains

Qui se cherchent toujours peuvent rester unies.

Leurs regards, par instants, plus voilés, incertains,

Annoncent pour chacun l'heure des agonies.

De leurs lèvres pourtant de temps en temps encor,

S'échappent ces doux noms, si chers à la tendresse.

Alfred, dont l'âme aspire à prendre son essor,
D'une voix qui trahit un reste de faiblesse :
« Pauvre femme, en partant je te laisse une mère,
Au nom de mon ami, faisant son testament.
— Ma mère, tu l'entends, tu l'entends, sur la terre
Tu ne restes pas seule, à ce dernier moment,
Bénis donc tes deux fils et console ta fille !
O ma mère ! — O ma femme ! » Et ce sont les adieux.
Dans leurs vagues regards un dernier rayon brille ;
Leurs âmes à la fois s'envolent vers les cieux.

LE FUMEUR.

Qu'on trouve du plaisir à sottise pareille,
Qu'un homme s'y délecte ; oh ! pour moi, c'est merveille,
Vraiment ! c'est un problème, auquel toujours rêvant,
Sans l'avoir résolu je m'aheurte souvent.
Quel bonheur, dites-moi ! pour l'âme raisonnable,
Pour l'esprit délicat, pour le cœur inflammable,
A tenir ou la pipe ou le cigare aux dents ;
Et jeter, étourdi, sa cendre à tous les vents ?
Quel régal de sentir la liqueur corrosive,
Suintant du tuyau, vous brûler la gencive ;
D'aspirer lentement, dans le tube enfumé,
Le poison qui rendit célèbre Bocarmé !
— Mais il faut se distraire — honnête fantaisie !
Quoi donc ! n'avez-vous pas les arts, la poésie ;

Là peinture qui charme et le cœur et les yeux ;
De la musique encor les sons mélodieux,
Ou ces doux entretiens dans lesquels on s'épanche
Avec la liberté d'une amitié bien franche ?
N'avez-vous pas les champs, le ciel pur, le soleil,
Là nature qui rit sous un rayon vermeil ?
Hommes intelligents, cela n'est point chimère,
Comme de savourer la nicotine amère.
Dans ces plaisirs réels, noble délassement,
L'esprit comme le cœur trouve son aliment !
Et je comprends encor ou la chasse ou la pêche,
Dont sobrement on use, ou celui qui, la bêche
Et l'arrosoir en main, se plaît à jardiner,
Ou cet autre qui prise autant un bon dîner,
— Non pas de ces gourmands qui vivent pour la table ! —
Quoi ! même je comprends le loto respectable ;
Les balles, le volant, le piquet du portier,
Même le cochonnet, si cher au vieux rentier !
Oh ! surtout je comprends qu'avec bonheur on donne,
Que l'on mette sa joie à répandre l'aumône ;
Et, le regard humide, en s'entendant bénir,
Qu'on sente doucement son cœur s'épanouir !
Mais s'estimer heureux si, la bouche fermée,
On chasse vers le ciel une rare fumée,
Moi, cela me paraît un plaisir de nigaud.
Nous laissons l'opium à ce peuple magot
Qui fourmille à Pékin ; laissons au Caraïbe,
Au Bédouin, du tabac la volupté stupide !

Ce somnolent plaisir convient à l'Allemand,
Par la bière alourdi qui rumine en dormant ;
Mais nous, Athéniens, donner dans cette mode
Qui croît et tous les jours devient plus incommode,
Empeste les cafés ou même les salons,
Au point que pour la fuir il faudra des ballons ;
Je ne l'approuve pas, admirant qu'on s'entête,
Homme d'esprit, souvent, à ce plaisir si bête.
Je ne me crois ni fat ni barbare en jugeant
Qu'on peut employer mieux son temps et son argent.

Mais j'entends de partout que l'on crie : Anathème !
Comme si j'eusse osé quelque horrible blasphème,
Attaqué la famille ou la propriété :
Je vois autour de moi plus d'un front irrité,
Des gestes menaçants dirigés sur ma tête ;
Et puis, mille clameurs : Le drôle, qu'on l'arrête !
— Laissez, c'est quelque fou. — Qu'on le traîne en prison !
Dénoncer le tabac, cet innocent poison !
Pour distraire l'ennui, dit-il, moyen frivole ?
Que nous importe à nous, si le chagrin s'envole !
— Blâmer notre plaisir, n'est-ce pas nous blâmer !
Diffamer le tabac, mais c'est nous diffamer !
Il faut à ce coquin donner la bastonnade :
— Eh ! de grâce, messieurs, ce n'est qu'une boutade ;
Glosant sur le tabac, contraire à mon humeur,
J'ai des respects profonds pour l'honnête fumeur !
Et je trouve plus laid et pire que l'on prise ;

Le brûle-gueule auprès me semble friandise !
Pourtant de vieux priseurs, riant du quolibet,
Ne m'ont point pour cela menacé du gibet,
Ni voulu fustiger, imprudent satirique.
Les priseurs, il est vrai, sont d'humeur pacifique ;
Ces bonnes vieilles gens, même étant lutinés,
Ne tourmentent personne... hormis leur pauvre nez.
Imitez-les, fumeurs, en étant magnanimes,
Et ne m'étranglez pas pour quelques folles rimes.
Hum ; l'air dont on me toise... éveille le soupçon !
Ne dois-je pas trembler, en prenant ma boisson,
Qu'un fumeur enragé, d'une main clandestine,
N'y glisse par rancune un grain de nicotine ?

L'AVOCAT.

Et lingua eorum gladius acutus.
(Ps. LVI.)

Noble profession que celle d'avocat
Pour un homme de cœur, honnête et délicat !
Sauver un innocent qui, la tête brûlante,
Déjà voyait dresser la machine sanglante,
Et que, tout jeune encore, ont vieilli les cachots ;
Puis, quand sa joie éclate à travers les sanglots,
Quand l'heureux prisonnier rit à son entourage,
Contempler attendri, ce bonheur, notre ouvrage ;
A travers leur ivresse et les embrassements,
Et cette explosion des premiers sentiments,
Lire ces doux transports de la reconnaissance
Dans un touchant regard qui supplée au silence ;
Et ne pouvoir suffire aux serrements de main,
Après les mauvais jours c'est un beau lendemain,

Sublime récompense ! A voir pareille scène,
Qui ne serait payé largement de sa peine?
Ou bien encor, tuteur d'orphelins menacés,
Dans un piége infernal par la ruse enlacés,
Noblement les couvrir ; à la rage cupide,
Arracher, patient dans son zèle intrépide,
Un débris de fortune, hélas! dernier lambeau,
Qu'il fallut disputer jusque sur un tombeau ;
Se dévouer toujours au triomphe du juste,
Difficile parfois, cette tâche est auguste,
Et faite pour tenter tous les cœurs généreux.
Honneur à l'avocat loyal et chaleureux,
Qui, devant l'or, gardant sa conscience austère,
Relève son talent par un beau caractère !
Tels on vit un Patru, Cochin ou d'Aguesseau,
Et tous ces orateurs, l'orgueil du vieux barreau ;
Dans leur vertu sans tache, effroi de la licence,
Eux que jamais en vain n'implora l'innocence.
Sages des anciens jours, graves, majestueux,
Votre exemple est-il donc perdu pour vos neveux?
Reflets de l'âge d'or dont nos temps sont avares,
A peine maintenant si quelques hommes rares,
Et l'un d'eux entre tous que je voudrais nommer,
Soutiennent ce grand art près de se diffamer.
Jeunes gens, le respect déjà les environne,
Vieillards, les cheveux blancs leur sont une couronne ;
Combien la sympathie est ardente pour eux
Quand ils semblent s'offrir à nous si peu nombreux !

Ah ! j'en voudrais douter ! peu marchent sur leur trace ;
Des vertus d'autrefois le souvenir s'efface
Tous les jours davantage, et la corruption
Raille ces souvenirs de la tradition.

Thémis voit trop, hélas ! malgré sa vigilance,
De sacriléges mains peser sur sa balance.
Triste de leur audace, en vain, couvrant les lois,
Solennelle, aux grands jours, elle élève la voix ;
En vain, elle apparaît, sereine et redoutable,
Avec la majesté de son front vénérable,
L'avocat, dès longtemps, blasé sur ses leçons,
Devant elle n'a plus que de rares frissons,
Il n'en dresse pas moins, expert dans l'artifice,
L'inévitable embûche au gré de l'injustice,
Et, quand le glaive saint, en s'égarant faussé,
Grâce à lui tombe à terre et retourne émoussé,
Il rit joyeusement narguant les représailles ;
Du code, jour et nuit, furetant les broussailles,
Habile à ramasser un argument traînard,
Il fait de la loi même un savant traquenard.
Pour le juge c'est peu d'avoir la conscience,
Ce flambeau lumineux, il lui faut la science
Pour suivre et démêler des écheveaux brouillés
Par un art si parfait les fils entortillés.

Trop souvent l'avocat s'étudie à surprendre,
En perfide ennemi ceux qu'il devrait défendre,
Hypocrite, d'un air candide et patelin,

Il aide à dépouiller la veuve et l'orphelin.
Persécuteur soldé du faible qu'on opprime,
Avec quelle éloquence il excuse le crime !
Car, maternelle encor dans sa sévérité,
A l'accusé tremblant sous son œil irrité,
A celui qui paraît le plus coupable même,
Que condamne déjà le public anathème,
La Justice toujours assure un protecteur ;
Mais pour cela faut-il, en perfide imposteur,
Avilir par l'abus ce saint droit de tutelle,
Et du don de la loi faire une arme contre elle ?
O honte ! maintenant dans son escrime adroit,
L'avocat mercenaire a peu souci du droit,
Et l'on cite celui qui, d'une main austère,
Repousse l'or souillé du client adultère.
Combien sont scrupuleux dans le choix du dossier ?
« C'est au juge et non pas à moi d'apprécier !
Me dira tel d'entre eux, étonné de mon blâme,
Ne trouvant pas pour lui son industrie infâme.
Dans l'injuste procès, je ne suis qu'instrument ;
Et plaideur déloyal, insulteur véhément,
Mon client seul a tort, s'il défend un droit louche
Par des moyens douteux en parlant par ma bouche ! »

Jadis on était fier de sauver l'innocent,
Aujourd'hui d'un triomphe odieux, indécent,
Recherchant le scandale, impudeur effroyable !
On ose s'applaudir d'arracher un coupable

A son juge ébloui d'un brillant plaidoyer,
Mensonge outrecuidant qu'on se fait bien payer.

Oui, vienne avec de l'or, ce tout-puissant mobile,
Un ténébreux coquin chez l'avocat habile,
Celui-ci saura bien couvrir, ingénieux,
Ses méfaits les plus noirs d'un voile spécieux ;
Le scélérat insigne, il saura le défendre,
Apitoyer sur lui le juré toujours tendre
Et peut-être étonner le témoin confondu,
Prêt à se donner tort, l'avocat entendu.
Que dis-je ? l'accusé lui-même en vient à croire
Qu'il n'avait pas au fond l'âme vraiment si noire ;
A ce panégyrique il se sent rassuré !
Aussi bien écoutez l'orateur, à son gré,
La vierge au doux regard, souriante et sévère,
Ou le blond chérubin que berce encor sa mère,
Sont moins purs que ce monstre, et, les larmes aux yeux,
Lui, de son innocence il atteste les cieux.
Alors pour peu que l'homme, avec un air novice,
Ait, le regard benin, des pleurs à son service ;
Que le jury, d'ailleurs, par un motif sacré,
Tremble de prononcer, prudent ou timoré ;
Qu'il recule surtout devant l'arrêt suprême,
L'accusé sort absous, dans la stupeur lui-même !
Son crime, atténué par un texte indulgent,
Lui conserve du moins sa tête et son argent.
Rendre à la liberté le voleur, le faussaire,

Montrer blanc comme neige un autre Lacenaire;
Plus grand exploit! mettant la justice en défaut,
Lui ravir un Caïn qui nargue l'échafaud;
C'est pour tel avocat le comble de la gloire!
Et radieux alors, il quitte le prétoire,
Comme un triomphateur, plus fier que ce guerrier,
Qui rentrait au logis le front ceint du laurier.
Pourtant s'il fait lâcher une bête féroce
Qu'illustrera plus tard un forfait plus atroce,
N'est-il pas, champion du meurtre et du larcin,
Complice du voleur comme de l'assassin?

Il faut le dire aussi, les hommes de chicane,
Vivant comme la taupe en quelque sombre arcane,
Les Robins tortueux, à l'œil vitreux et clair,
Scribes ou grands parleurs, ne datent pas d'hier.
Ces légistes sournois, dans la France indignée,
Ont filé de tout temps leurs toiles d'araignée;
Dans leurs greffes poudreux, des siècles enfouis,
Ils n'en furent pas moins bien connus du pays.
Par eux jadis, poussée aux excès sacriléges,
On vit la royauté s'égarer dans leurs piéges,
A de rudes barons, peu goûtés des Valois,
Préférant ces renards les chevaliers-ès-lois,
Dans l'ombre trop souvent depuis armés contre elle,
S'ils ne la bravaient pas avec l'air du rebelle.
Leur orgueil, incarné dans les vieux parlements,
Du sol, plus d'une fois, causa les tremblements;

Et de nos jours encor leurs turbulentes rages
Volontiers sur l'État déchaînent les orages.
A grand'peine fait-on taire le perroquet
Qui s'obstine à jaser, ainsi de leur caquet
Force gens — non pas seuls les marchands de paroles —
Ne peuvent retenir les témérités folles.
Géants à les ouïr, mais à l'œuvre des nains,
Ils sauront bellement, sous les yeux féminins,
Enfler la période ou dévider la phrase,
Et d'arguments en l'air ils feront table rase;
Mais vienne tout à coup l'obstacle sérieux,
On les voit effarés regarder autour d'eux.
S'il faut dans les combats hasarder son panache,
Comme l'orateur grec plus d'un vite se cache.
Des conseils de l'État, aux heures du péril,
Surtout, j'exclurais, moi, les hommes de babil.
Celui-là rarement agit, qui beaucoup cause.
L'éloquence sans doute est admirable chose,
Je la goûte, pourtant en fait de beaux discours,
Les meilleurs, à mon gré, sont encor les plus courts.

UN PROFOND POLITIQUE.

La peste du bavard avec sa politique !
Il songe au parlement bien plus qu'à sa boutique
Et, prompt à décider sur le sort des États,
De l'air d'un Richelieu., tance les potentats.
Discoureur intrépide , entendez comme il cause :
« Pourquoi fait-on ceci? pourquoi cette autre chose?
Est-ce ainsi qu'on gouverne ! Et faut-il du pouvoir
Qu'à ce point les agents trahissent leur devoir ? »
Puis les motifs de tout il prétend les connaître ;
Un maire est-il nommé, voire un garde champêtre,
Sans qu'il y trouve à dire, et censeur imprudent
Ne formule aussitôt son blâme outrecuidant ?
On révoque un préfet; sottise impardonnable !
Car c'était le meilleur ! si probe et si capable !
Mais les gouvernements sont aveugles et sourds,
Dupes des intrigants qui remplissent les cours.

Tous les matins il lit ou plutôt il dévore
Douze ou quinze journaux, maigre pâture encore !
Texte fécond pour lui de conversations,
De harangues, propos, et déclamations.
Jamais d'autres discours ou promptement il bâille,
Et si vous lui parlez a l'air d'une muraille.
Mais quel flux quand revient son thème favori !
Oh ! le père incommode ! ô l'ennuyeux mari !
Pauvres gens ! que je plains les enfants et la femme
Qui sont les pâtiras du politicomane !
Et du soir au matin, et le jour et la nuit,
Ne peuvent obtenir un moment de répit.
Même dans le sommeil leur oreille bourdonne,
Et du journal maudit, cauchemar monotone,
Le spectre grimaçant tiraille leur chevet !
Le jour se glisse à peine à travers le volet,
Et le coq dort encor ; le bonhomme qui gronde
Pour sa feuille déjà réveille tout le monde ;
Il la saura par cœur avant le déjeuner,
Où sur la politique il faut déraisonner
Bon gré, mal gré. — Comment ! encore de la pluie,
Dit la mère. Quel temps ! — Bast ! s'il pleut on s'essuie,
Répond l'autre ! l'État me paraît en danger
Et c'est autrement grave ! — Ah ! maudit boulanger,
Le pain est détestable, il faudra que l'on change !
— L'Angleterre, dit-on, avec le czar s'arrange !
Gare pour l'avenir ! l'horizon s'assombrit !
D'autant plus que l'État au dedans dépérit !

Les ministres... — Papa, je voudrais bien du beurre.

— Ces gens-là n'y voient goutte, et peut-être à cette heure
On est sur un volcan, femme. — Je n'en sais rien,
Et tu t'occupes trop... — Suis-je ou non citoyen,
Pour être indifférent à la chose publique.
— Mais tu te fais du mal avec la politique
Et du tort quelquefois ! cela nous nuit beaucoup !
— Femme, je te l'ai dit : le pays avant tout.
— C'est ton idée, enfin. — Il faut bien qu'on conseille
Le pouvoir obstiné qui se bouche l'oreille ;
Lis plutôt le journal. — Le ménage m'attend,
Sur les commis, de grâce, au moins veille un instant.
Si je n'étais pas là que de fois la pratique
Irait chez le voisin, qui rit et te critique !

Et l'épouse a raison ; car, entré par hasard,
Dans la boutique un soir, j'y trouvai le bavard,
Qui me prit par l'habit, me forçant à l'entendre,
Et deux heures me fit sucre et chandelle attendre.
Moi que la politique en Chine ferait fuir,
Triste et l'oreille basse, il me fallut ouïr
— J'étais à court d'argent et crains les avanies —
Tout au long le causeur chanter ses litanies.
Mais tiré de sa griffe, oh ! je me promis bien,
Plutôt que d'affronter un semblable entretien,
De monter à tâtons par la nuit la plus noire,
Et boire mon eau pure ou me coucher sans boire.

LA LEÇON D'ANATOMIE.

Disciplina medici exaltabit caput illius.
(ECCLÉSIASTIQUE , XXXVII. 5.)

LE PROFESSEUR devant le cadavre.

Messieurs, préparons-nous pour de fortes leçons,
Mais n'ayons point d'ailleurs de timides frissons.
Du calme, asseyez-vous, armés du portefeuille,
Comme moi du scalpel, puis que l'on se recueille
Grave, silencieux en face de la mort.
Profaner son mystère est toujours un grand tort.
Malheur à l'insensé qui se joue avec elle !
Il dut, avec le lait d'une impure mamelle,
Boire l'impiété. Sur son tendre berceau
La foi n'a point prié. La mort, c'est le grand sceau.
Touchant avec respect son secret redoutable,
Presque comme un autel contemplons cette table.
L'homme est là tout entier, l'homme matériel,
Le limon façonné dont la flamme est au ciel.

3

Sur des lèvres, là-bas, je surprends un sourire.
Vous doutez ; n'est-ce pas, de l'âme ? Osez le dire.
C'est la mode aujourd'hui chez certains aspirants,
Comme chez tels docteurs que l'on appelle grands.
Le médecin niant la sagesse suprême,
O honte ! et qui pourra m'expliquer ce problème ?
A cette extravagance est-il rien de pareil ?
Passe à l'aveugle-né de douter du soleil !
Mais, par elle ébloui, contester la lumière,
Du chef-d'œuvre ne voir que la vile matière,
Quand le doigt créateur, qui la plie à son gré,
Échappe, si visible, à notre œil égaré !
Prodige en vérité ! dont l'orgueil en démence
Réservait de nos jours l'affront à la science !

Quel chef-d'œuvre pourtant ! Regardez, est-ce assez ?
Que de miracles d'art à la fois entassés !
Et pour les pénétrer faut-il qu'on s'évertue ?
De ce corps, qui n'est plus qu'une froide statue,
Quelle perfection, d'abord frappant les yeux,
Offre, dans ses détails, l'ensemble harmonieux ?
Rien de trop, rien de moins ! prévoyant tout d'avance,
Le hasard tiendrait-il si juste la balance ?
Dans ces membres divers quel admirable accord !
L'ovale de la tête au tronc robuste et fort
S'appuie élégamment, et les bras avec grâce
Servent de contrepoids. Pour soutenir la masse,
Deux solides piliers, mobiles piédestaux,

Nous dérobent le jeu des muscles et des os.
Quel merveilleux sculpteur, le premier, ô jeunesse,
Modela ces contours avec tant de finesse?
Et c'est peu cependant; déchirons cette peau,
Voilant tant de trésors sous son brillant réseau;
La machine à nos yeux livre son mécanisme.
Sondez, la loupe en main, ce profond organisme.
Ici, dans la stupeur j'hésite confondu :
D'innombrables ressorts et pas un de perdu.
Dans ces mille canaux voyez comment circule,
Le sang, qui fuit sans cesse, invisible globule.
Par tant de nerfs subtils, du seul cerveau partis;
Jusqu'aux extrémités les sens sont avertis.
Entr'ouvrons le thorax. Par l'étude savante
Notre admiration fait place à l'épouvante,
A la première horreur. Dans ces profonds réduits,
Les organes qui, là, semblaient comme enfouis,
Ne sont pas travaillés avec moins de scrupule.
L'air nourrit ces poumons où sans relâche il brûle;
Il ravive le sang ramené vers le cœur,
Et qui lui doit, plus pur, sa pourpre et sa vigueur.
Oui, cet air nous fait vivre alors qu'il se consume.
Et le savoir... oh! non, l'ignorance présume
D'elle-même à ce point, séduite par l'orgueil,
Qu'à de telles clartés elle ose fermer l'œil.

Encor de ces splendeurs vous n'avez vu qu'une ombre,
Et je tais, à dessein, des merveilles sans nombre;

Qu'il faut, l'une après l'autre, en maître sérieux,
Mes amis, dérouler aux regards curieux:
Les moteurs compliqués de la machine humaine,
La circulation, sublime phénomène,
Le fluide nerveux qui glisse sous les doigts,
Les organes savants de l'œil et de la voix,
Ou ceux, non moins parfaits, qui versent au pilore
L'aliment condensé qui plus haut s'élabore,
Et tant d'autres secrets qu'en s'armant du flambeau,
La science poursuit jusque dans le tombeau.
Et vous pourriez douter à voir tous ces prodiges,
La tête vous tournant par d'orgueilleux vertiges!
Devant l'être créé nier le Créateur,
Malgré le mouvement contester le moteur?
Mais l'âme, disent-ils, l'âme échappe à la vue!
Grosse difficulté que Dieu n'a pas prévue!
N'est-il pas vrai, Messieurs, l'argument est fatal;
L'idole en a tremblé sur son vieux piédestal.

Immense objection! grand homme! forte tête!
Mais, le ressort brisé, votre montre s'arrête!
Niez-vous l'artisan? De merveilleux concerts,
Il n'est que peu d'instants, s'exhalaient dans les airs;
De l'instrument sortaient des torrents d'harmonie;
Seul, il ne dit plus rien. D'où lui vient le génie?
Ainsi du corps humain, magnifique instrument!
Mais, si Dieu n'est pas là, mort et sans mouvement.
Lui seul y met d'abord le souffle qui l'anime.

Niais ! ils douteront du talisman sublime
Parce qu'ils n'ont pas pu, méconnaisant ses lois,
Palper comme ce crâne une âme entre leurs doigts.
Jeunes gens, trop longtemps s'oubliant dans la fange,
La science a rampé souillant ses ailes d'ange.
De ces piéges grossiers le poids matériel
Ne doit plus arrêter son élan vers le ciel.
La science aujourd'hui, plus profonde et plus sage,
Doit bénir l'ouvrier révélé par l'ouvrage.
Newton se découvrait à son auguste nom ;
Messieurs, sans en rougir, faisons comme Newton.

Arrière donc de nous tous ces banals sophismes !
Un païen, l'immortel auteur des *Aphorismes,*
A l'impie au besoin sait faire la leçon ;
Pour lui l'âme invisible a rendu plus d'un son.
Et nous, illuminés par la foi du baptême,
Nous osons contester la puissance suprême ?
Nous nions, médecins, ou plutôt charlatans,
Celui qui fut toujours, qui fut dans tous les temps,
Et qui, seul, m'instruisant du fond des sanctuaires,
Donne un souffle de vie à nos électuaires ?
D'où vient cela ? d'où vient que faiblit la raison
Quand s'ouvre à nos regards un plus large horizon ?
Jeunes gens, au vieillard permettez de tout dire :
Dieu sait au fond du cœur quel sentiment l'inspire,
S'il vous aime, pourtant moins que la vérité,
Laissez donc, qu'il vous parle avec sincérité,

Si nos yeux, hésitant sur la cause première,
Avec plus de clartés doutent de la lumière ;
Si du grand Invisible on se rit aujourd'hui,
Alors de ses bienfaits qu'on s'arme contre lui ;
N'est-ce pas, jeunes gens, que, dans la solitude,
Peu se sont recueillis, jour et nuit, pour l'étude?
Et qu'à ce ministère, autrefois si sacré,
Par de lentes vertus on n'est point préparé?
Oui, si tant de docteurs, levant leur tête altière
Et, raillant l'Éternel, ne voient que la matière,
N'est-ce pas que jadis on a des plus beaux jours
Dans de fangeux sentiers longtemps traîné le cours?
Que trop longtemps, hélas ! la débauche ou l'ivresse
Dans l'opprobre ont souillé l'honneur de la jeunesse?
Et dès lors pour jamais on emporte à son dos
La robe de Nessus qui vous brûle les os ?
Le sens moral, éteint dans l'âme dégradée,
Hébète la raison. Le cerveau sans idée,
Que n'illumine pas un cœur purifié,
Dans les choses d'en bas semble pétrifié.

Notre profession, la première peut-être,
Et la plus vénérable après celle du prêtre,
Devenant industrie, en de coupables mains
Met un dépôt fatal, redoutable aux humains.
Le médecin pieux, dont l'or n'est point l'idole,
Apparaît en sauveur au malheur qu'il console ;
Comme un bon ange il vient, béni par les parents,

Conduit par l'espérance, au chevet des mourants,
Et dans le zèle saint, qui prudemment l'enflamme,
Il se dévoue au corps, sans abandonner l'âme.
Noble alliance en lui, chère à l'humanité,
De la science auguste avec la charité !
Qu'il est beau, qu'il est grand surtout au jour terrible
Où, sur une cité que Dieu passe à son crible,
S'abat quelque fléau, suprème châtiment !
Oh ! comme il fait alors bénir son dévouement !
Devant l'horrible mal que la peur inocule
Plus que l'air infecté, quand tout tremble et recule,
Quand tout fuit; où fuit-on l'invisible vainqueur ?...
Lui, par un front serein témoignant de son cœur,
Apparaît calme et fort; et, champion sublime,
A la mort osera disputer sa victime.
Son courage paisible étonne les vaillants,
Souvent par l'épouvante eux-mêmes défaillants;
Debout avec le prêtre et la sœur, seul, il reste
Sur ce champ de bataille où triomphe la peste.
Voilà le médecin tel qu'on aime à le voir,
Tel qu'il est quand, honnête, il comprend son devoir,
Honneur à ce héros digne de Barcelone !
Dure son souvenir à défaut de colonne !
Mais l'autre, celui-là qui ne voit qu'un métier
Dans son art, médecin comme on est charpentier
Ou maçon, aura-t-il, blasé sur les victimes,
Aura-t-il grand souci de trépas anonymes ?
Pèsera-t-il toujours la goutte de poison,

Surtout quand l'intérêt craindrait la guérison ?
De Castaing écartons l'épouvantable image !
Mais n'oublions jamais ce mot profond d'un sage :
« Au lit du moribond, plutôt qu'un médecin
« Impie et corrompu, plutôt un assassin ! »

LA BARRICADE.

> Pourquoi nous déchirer par des guerres civiles,
> Où la mort des vaincus affaiblit les vainqueurs
> Et le plus beau triomphe est arrosé de pleurs ?
> (CORNEILLE, *Horace.*)

I.

SCÈNE PREMIÈRE.

Une barricade à l'intérieur.— Deux hommes du peuple armés ; le commandant de la barricade ; un passant.

LE CHEF.

Bien, le dernier pavé, fameuse barricade !
Qu'on charge les fusils ! Eh ! là, là, camarade,
L'ami, d'un pas si leste où courez-vous ainsi ?

LE PASSANT.

Mais je rentre chez moi ; c'est à deux pas d'ici,
Où vous voyez...

LE CHEF.

Comment ! vous n'êtes pas des nôtres ?
En ligne, mon jeune homme, en ligne avec les autres.

LE PASSANT, repoussant le fusil.

Merci.

LE CHEF.

Vous avez peur?

LE PASSANT.

Non, je dois être franc,
Si j'avais à choisir, j'irais au premier rang,
Mais de l'autre côté.

LE CHEF, violemment.

Quoi! parmi ces esclaves?
Traître, pour y forger au peuple des entraves?
Le peuple est souverain, et lui, qui fait les rois,
T'ordonne de combattre.

LE PASSANT.

Il doit respect aux lois.
La révolte est un crime, a dit ma conscience,
Et cela me suffit.

LE CHEF.

C'est trop de patience!
Obéis ou sinon...

LE PASSANT.

Sinon?

LE CHEF.

Tu passes l'arme à gauche,
Et nous te fusillons.

LE PASSANT.

C'est ainsi qu'on embauche?

LE CHEF,

Oui, les récalcitrants. On te paiera, d'ailleurs.
Allons, prends ce fusil, voici les tirailleurs.

LE PASSANT.

Tirer sur qui défend pour moi la juste cause?
Jamais.

LE CHEF.

C'est dit?

LE PASSANT,

C'est dit.

LE CHEF.

Qu'à trois pas on le pose,
Puis un coup de fusil pour l'exemple...

LE PASSANT,

Mon sang,
Qui va couler par vous, est le sang innocent.
Que Dieu vous le pardonne aussi bien que ma mère!
Seulement je demande à faire ma prière?

LE CHEF, le regardant s'éloigner.

Ce garçon a du cœur. C'est dommage, il va là
Comme au bal; le tuer serait d'un Attila.

UN HOMME ARMÉ.

Eh bien! chef, est-il temps?

LE CHEF.

Non, je change d'idée,
Baisse ton arme.

L'HOMME ARMÉ.

Tiens!

LE CHEF.

Oui, garde ta bordée.

L'HOMME ARMÉ.

Eh bien! tant mieux! au fait, ce n'est point un trembleur,
Et plus d'un à sa place aurait eu belle peur.

LE CHEF.

Il faut pour les blessés des infirmiers, j'espère
Qu'il ne refuse pas ce service. Compère,
Le marché vous va-t-il? vous êtes averti?

LE PASSANT.

J'accepte, les blessés ne sont d'aucun parti.

LE CHEF, désignant une maison voisine.

Entrez là, citoyen.

(Il se retire.)

SCÈNE II.

Les mêmes, moins le passant.

LE CHEF.

Voici les uniformes,
Alerte à vos fusils. Point de charges énormes,
On ménage la poudre et les coups portent mieux.

UN HOMME ARMÉ.

Cette fois j'ai touché la gueuse d'épaulette ;
A l'autre maintenant. Ça fait de la toilette.

DEUXIÈME HOMME ARMÉ.

Tiens ! pour venir danser... As-tu vu l'entrechat ?

LE CHEF.

Au major maintenant, qu'on lui serve son plat.
Ces brigands d'aristos ! bravo ! belle culbute !
Cheval et cavalier... Allons, cela débute
Assez honnêtement.

PREMIER HOMME ARMÉ.

Les soldats sont surpris.

LE CHEF.

Ces pékins, des soldats ! pas même des conscrits.
Vos soldats-citoyens, c'est de la camelote.

DEUXIÈME HOMME ARMÉ.

Pourtant, chef, voyez donc, malgré qu'on les pelote,
Ils reviennent gaillards.

LE CHEF.

Feu de file et visez.

UN HOMME ARMÉ, tombant.

Au cœur, atteint au cœur.

(Il meurt.)

UN CAMARADE, au chef.

Oh ! bien mort.

LE CHEF.

Déposez
Le corps au pied du mur ; puis à la barricade.
Voici de vrais soldats courant à l'escalade,
Des Africains sans doute ; allons, qu'on serve chaud,
Et prouvez-leur aussi que l'on n'est point manchot.

(Fusillade ; des soldats grimpent sur la barricade.)

UN SOLDAT, s'emparant du drapeau.

Nous les tenons, à moi !...

UN HOMME ARMÉ, lui tirant son coup de fusil.

Vraiment, soldat de paille,
Crois-tu qu'on dorme ici ! tiens, prends !

(Le soldat tombe.)

UN OFFICIER, sur la barricade.

Rude bataille,

C'est comme à Mazagran ; mes enfants, suivez-moi !

(Il franchit la barricade suivi de quelques soldats.)

LE CHEF, avec énergie.

Feu ! feu ! feu de partout ! puis chargez ! Eh bien ! quoi ?
Motus. Ils ont assez pour l'instant de la danse.
Vive la sociale ! et bravo pour la chance !

(Les soldats battent en retraite.)

TOUS.

Vive la république !

PREMIER HOMME ARMÉ.

Et ces trois prisonniers,

Commandant, qu'en fait-on ?

LE CHEF.

Ce qu'on fit des derniers.

L'HOMME ARMÉ.

Mais, c'est qu'ils sont blessés, désarmés sur parole.

D'AUTRES HOMMES ARMÉS.

Tant pis ! sur ceux qu'on tient il faut venger Arcole !
Des prisonniers, d'ailleurs, à quoi bon l'embarras ?
Tuez ! tuez ! les morts seuls ne reviennent pas.

AUTRES VOIX.

Non, ce sont des Français, et leur mère ou leur femme…

SCÈNE III.

LE PASSANT, *sortant de la maison et couvrant les soldats.*

Des blessés, des blessés, monsieur, je les réclame;
Les blessés sont à moi, vous l'avez dit tantôt.

LE CHEF.

A l'autre.

LE PASSANT.

C'est mon droit, on me tuera plutôt.
Fusiller des blessés, vous n'êtes pas un tigre,
Ni vous des assassins?...

UN HOMME ARMÉ, *en aparté.*

Le chef ne dit mot, bigre !
Il pourrait se fâcher, et c'est risquer beaucoup !
Se rejeter ainsi dans la gueule du loup?

LE CHEF.

Jeune homme, franchement, c'est être téméraire,
Vous, à peine sauvé; bénissez votre mère,
Car sans elle... Rentrez.

LE PASSANT.

Vous êtes les plus forts,
Soyez humains.

L'HOMME ARMÉ.

Ah ! bien, les deux soldats sont morts,
Et morts de leur blessure.

DEUXIÈME HOMME ARMÉ.

Il reste l'officier.

TROISIÈME HOMME ARMÉ.

Tant mieux ! c'est le meilleur, je connais ce gibier,

L'OFFICIER, entre les dents.

Et seul..... Tas de bandits.

LE PASSANT, le soutenant.

Monsieur, de la prudence,

La colère est féroce.

PLUSIEURS VOIX,

Alerte, à la défense,

Aux armes !

(Ils courent à la barricade.)

DEUXIÈME HOMME ARMÉ, au chef.

Mais et l'homme ?

LE CHEF.

A ton poste, bavard;

Qu'ils rentrent tous les deux, et nous verrons plus tard.

(L'officier et le passant se retirent.)

LE CHEF.

Ah ! mes fils, le canon à boulet et mitraille !
Tirez, tirez, feu donc !

UN HOMME ARMÉ, avec découragement.

Tout un pan de muraille
Emporté... sur la brèche à quoi sert de périr
Et sans profit?...

LE CHEF.

A nous cette fois de courir !
En route ! ces coquins grimpent comme des chèvres.

(Les insurgés prennent la fuite , les soldats
arrivent en foule sur la barricade.)

SCÈNE V.

Officiers et soldats , gardes nationaux ; puis le passant.

UN OFFICIER.

Allons ! tirez là-bas , tirez-moi sur ces lièvres !

UN SOLDAT.

Oui-dà, mon officier, dites-donc des moineaux,
Car ils volent.

L'OFFICIER.

Vraiment, mieux que des pigeonneaux ;
On n'en voit plus un seul.

LE PASSANT, sur le seuil de la maison.

Ne forcez pas l'entrée,
L'ambulance, Messieurs, cette porte est sacrée.

UN SOLDAT,

Tiens, quel est celui-ci ?

DEUXIÈME SOLDAT.

Bien sûr, un insurgé,
Quelqu'un de ces brigands qu'on aura ménagé,

PLUSIEURS VOIX.

A mort, le traître, à mort ! à bas, qu'on le fusille !

PREMIER SOLDAT.

Mais doucement, peut-être ?...

AUTRE VOIX.

Il est de la famille...,
Voyez, du sang aux doigts. Scélérat, assassin !
Tuez-moi ce brigand !

PREMIER SOLDAT.

Non, c'est le médecin,
Dit-on, ou l'infirmier.

LES VOIX.

Tant pis, qu'on le saisisse !
Fusillez, fusillez.

LE PASSANT.

Au nom de la justice,
Messieurs, écoutez-moi ?

SOLDATS ET GARDES NATIONAUX,

Garë, il veut se sauver.

LE PASSANT.

Étranger au combat, laissez-moi vous prouver
Que j'ai fait mon devoir.

UNE VOIX.

Dégagez-donc la porte.
Qu'on en finisse...

LE PASSANT.

Mais innocent ?...

LA VOIX.

Eh! qu'importe!
Allons, marche !

UN GARDE NATIONAL.

Pourtant sa mine est d'un héros ?...

LE PASSANT.

C'est dur que nos amis deviennent nos bourreaux !
Dieu le veut.

LE GARDE NATIONAL.

A cet air, à ce front intrépide !...

AUTRES VOIX.

Les fusils sont chargés, enfin qu'on se décide !...

PREMIER SOLDAT.

Mais s'il n'est pas coupable ?

AUTRE VOIX.

Ils sont coupables tous.
Vous prend-il, hypocrite, à son air humble et doux ?

PREMIER SOLDAT.

Assurons-nous au moins ; car pour tuer un homme...

AUTRE VOIX.

Un de plus ou de moins, c'est pas le diable en somme,
Allons, joue...

L'OFFICIER blessé sortant de la maison.

Arrêtez, cet homme est mon sauveur,
Cet homme est innocent, j'en jure sur l'honneur !

(Les fusils s'abaissent.)

II.

O terribles fureurs des discordes civiles,
Faut-il que si souvent vous désoliez nos villes,
Et qu'après le combat, triomphant des vainqueurs,
Ces fièvres de vengeance emportent les meilleurs !
Faut-il que l'on ait vu, dans ces horribles drames ;
Quelquefois égorger des enfants ou des femmes ;

Et le sang innocent, coulant dans le ruisseau,
Rejaillir, ô douleur, sur un noble drapeau!
De ces entraînements que le Seigneur nous garde!
Ne jugeons pas toujours un homme à sa cocarde!
Que même la justice, ayant le glaive en main,
Tâche, avant de frapper, d'attendre au lendemain!

LE THÉÂTRE.

> Le théâtre ne nous plaît tant que parce
> qu'il est le complice éternel de tous nos
> vices et de toutes nos erreurs.
> (J. DE MAISTRE, *Soirées*.)

Ils diront qu'on est prude et fait la demoiselle,
Ou qu'on est emporté par l'ardeur d'un faux zèle;
Pourtant, juge équitable, en ma sévérité,
Avec discrétion je dis la vérité.
Donc, une fois encor, avant l'arrêt suprême;
Avant de leur jeter un dernier anathème,
Instruisons le procès à la face du ciel,
Et, si l'on veut répondre, interrogeons sans fiel.

Le théâtre est-il bien, soit bouffon, soit tragique,
Un gymnase moral où; par un art magique,
Le maître ingénieux sait, avec enjouement,
Offrir au spectateur un grave enseignement?
Où la vérité prend le voile de la fable
Pour rendre la leçon plus vive et plus aimable?

Est-il sûr que toujours on en sorte meilleur,
Jamais pire du moins, si j'en crois tel railleur ?
Et ces nobles plaisirs, qu'absout notre indulgence,
Profitent-ils au cœur comme à l'intelligence ?
M'ose-t-on affirmer que la société
Va corriger ses mœurs à tel drame vanté,
Fatal imbroglio de meurtre et d'adultère,
Exaltant l'intérêt par un sanglant mystère ?
A telle comédie, où, d'un air obligeant,
L'ami prend au mari sa femme et son argent ?
Pour la décence autant louer la pantomime,
Et dire à l'Opéra, digne de notre estime,
Que pour s'édifier, on court voir les ballets,
La danseuse trop belle et les danseurs si laids.
Oh ! ne me parlez point d'art et de poésie !
Assez de ce mensonge, assez d'hypocrisie !
Non, tel que nous l'ont fait même les grands auteurs,
Le théâtre n'est point une école de mœurs.
Arrière vos Phrynés, Thalie et Melpomène !
Ce n'est que par hasard et comme un phénomène
Qu'apparait sous le lustre, étonnant les rivaux,
Une œuvre vraiment chaste et digne des bravos.

Quoi ! l'on dirait qu'ici, n'étant point à sa place,
La morale elle-même a l'air d'une grimace.
D'abord toujours l'amour ! sur ce thème éternel,
Qui devrait être usé, brode un art criminel.
Toujours la passion qui si souvent délire !

Dès la première scène, on sait ce que va dire
Le galant qui, d'un air ou timide ou vainqueur,
Vient nous faire tout haut l'histoire de son cœur.
Pour m'abuser au loin qu'importe le mirage
Du dénouement banal appelé mariage,
Si, crédule, à l'appât me laissant amorcer,
Par maints sentiers scabreux d'abord il faut passer.
Et, caressé d'ailleurs par les vers ou la prose,
Dans l'air tiède embaumé des parfums de la rose,
Qui ne sentirait pas, allangui doucement,
Comme au jardin d'Armide, un mol enchantement?
En revoyant toujours ces scènes de tendresse,
En entendant l'écho qui murmure sans cesse
Les mots qui vont au cœur, on se laisse attendrir,
Et, subtil, dans la veine un feu semble courir.
A l'attrait d'un poison qu'eût admiré Locuste,
L'âme, avec sa vigueur, perd sa santé robuste ;
Dans l'angoisse qui charme, en savourant ses pleurs,
On envie en secret ces aimables douleurs.
Quoi ! de chastes amours la décente peinture
Elle-même est péril pour une âme encor pure :
C'est l'onde transparente où, sans peur du danger,
Plus aisément, hélas ! tenté de se plonger,
La voyant si limpide, un imprudent se noie.
Parmi les fleurs aussi, plus certain de sa proie,
Le serpent qui se cache a les pires venins.
Mais comme s'il craignait les poisons trop benins,
Du cœur humain habile à remuer la fange,

3ˣ

Faisant du bien, du mal un perfide mélange ;
Le théâtre se plaît à marier entre eux
Les plus honteux instincts et les plus généreux:
Flattant nos préjugés, il a notre indulgence
Pour les vices brillants, orgueil, amour, vengeance;
Et des humbles vertus, objet de ses mépris,
Laisse l'effort pénible aux seuls petits esprits:
Sur la scène, toujours d'un effet pittoresque,
Le duel apparaît noble et chevaleresque.
L'assassinat nous plaît, et, sous cet air vaillant,
Le crime est sympathique au jeune homme bouillant.
L'altière ambition semble effort magnanime.
Dans ses écarts l'amour est ivresse sublime,
Son écarts égoïsme, en son entêtement,
Se voit glorifié comme un saint dévouement:

Et souvent le théâtre y met peu de mystère;
À peine gaze-t-il un infâme adultère ;
Et le vice grossier, qu'il nomme encor l'amour,
Se vient effrontément étaler au grand jour.
Pourvu qu'il soit folâtre, attrayant, qu'il amuse,
Fêté par le public, a-t-il besoin d'excuse ?
On tolère, on permet, grâce au déguisement,
Grâce au vieux préjugé, ce terrible argument;
Que dis-je ? on applaudit des deux mains au scandale
Qu'ailleurs on flétrirait sous sa forme brutale.
Mais il nous divertit, badauds, chez l'histrion,
Qui sait du vice, même à l'état d'embryon,

Ou bégayant à peine, en savant interprète,
Achever hardiment la pensée incomplète,
Et rend infâme ainsi, par le geste et l'accent,
Tel mot que le lecteur jugerait innocent.
Dans un salon qui donc risquerait à voix basse
Le trait qui sur la scène agréablement passe ?
L'impertinent, bien loin de rester impuni,
Par les gens du bon ton vous le verriez honni,
Mis au rang des laquais, et, sans plus longue enquête,
Poussé dans l'antichambre ainsi qu'un malhonnête.
Au théâtre, on l'admire, il triomphe, il est roi,
Dès lors qu'il a su plaire, il impose la loi.
Il veut de l'or, et l'or à pleines mains ruisselle,
Et comme un piédestal devant lui s'amoncelle.
Il aspire à la gloire, et les fougueux bravos
L'enivrent chaque soir de triomphes nouveaux.
Ce sont perles pour nous que ses moindres paroles,
Des diamants qu'on met à des enchères folles.
Il pourra bafouer en toute liberté
Ce qui partout ailleurs doit être respecté.
Auprès de son époux qu'amuse l'aventure
La jeune femme rit du Dandin qu'on torture ;
Ou, plaignant cette dame, amoureuse des fleurs,
Tient le mouchoir brodé tout trempé de ses pleurs.
Car, dans la salle aussi, le scandale fourmille :
Partout on y rencontre, à côté de sa fille,
Sortant du Sacré-Cœur, vierge au front rougissant,
La mère qui sourit de son air innocent.

Dans les saintes vertus on sut la faire instruire,
Et l'œuvre de dix ans, un soir va le détruire.
On parle honnêteté, morale à la maison,
Puis on l'amène ici se gorger de poison.
Comptez sur la pudeur de ces jeunes vestales
Qu'on accoutume à voir en riant ces scandales !

Je ne tremble pas moins pour le jeune homme ardent
Peut-être conduit là par un père imprudent.
Voyez-vous dans ses yeux étinceler la flamme,
Et dans un seul regard passer toute son âme ?
Parmi tant de clartés, quel éblouissement !
Dans un cœur vierge encor, oh ! quel bouillonnement,
Quand à la passion, qui sourdement y gronde,
Comme un souffle orageux prompt à soulever l'onde,
Répond une autre voix dont le timbre inconnu
Éveille tant d'échos dans ce cœur ingénu.
Lui, prend au sérieux ces reines de théâtre,
Qu'il entend applaudir par la foule idolâtre,
Et qu'il voit, d'un air tendre et les yeux caressants,
Sourire, quand leur voix a de si doux accents.
Pour ses yeux fascinés sont-ce pas des déesses ?
Ah ! peut être, — et j'ai vu ces terribles ivresses, —
Peut-être, il sortira de là comme insensé,
En emportant le trait dont son cœur est blessé ;
Ce misérable amour qui, s'il ne le surmonte,
Doit faire son malheur à la fois et sa honte !
Et peut dans son délire, aveugle et forcené,

Aux sanglants désespoirs pousser l'infortuné.

Ainsi, presque toujours, dangereux ou futiles,
Sont ces délassements, luxe des grandes villes.
Là, dans l'oisiveté, qui fait les longs ennuis,
Par ces distractions on abrége les nuits ;
Redoutant l'opium, périlleuse habitude,
On trompe ainsi des cœurs la vague inquiétude,
Impatient du vide immense et douloureux
Que la foi comble seule, à ces plaisirs fiévreux
On court avec fureur. A la joie éphémère
On demande l'oubli de l'existence amère.
Les prétendus heureux, qui dévorent leurs pleurs,
Comme ceux plus naïfs laissant couler les leurs,
S'en vont là chaque soir. Bourdonnante, la foule
S'y précipite ainsi qu'un torrent qui s'écoule.
La chaire tonne en vain, dénonçant le péril
De cet amusement funeste et puéril ;
Le moraliste en vain jette le cri d'alarme,
Ou s'emporte indigné, l'on reste sous le charme ;
Aux fictions toujours on éclate en sanglots,
On rit quand la folie agite ses grelots.

Faut-il, les pauvres gens, espérer qu'on les sèvre
De ces poisons chéris qui nourrissent leur fièvre ?
Ces passe-temps fatals comment les supprimer ?
Qui le sait ? Tout au moins peut-on les réprimer
Dans leurs témérités, folles ou sacriléges.

Si toujours l'innocence y doit trouver des piéges,
Que la pudeur publique au moins, baissant le front,
N'ait jamais à rougir d'un insolent affront.
Plus de ces histrions qui régalent leur monde
Avec la gravelure au fond du bouge immonde,
Du théâtre qu'on nomme ainsi qu'un mauvais lieu !
L'honnête homme fuit moins ou la peste et le feu.
Ces honteux lupanars faut-il qu'on les tolère,
Que l'excès du dégoût, contenant la colère,
Le vice dégradé par tant d'indignité,
Dans son abjection trouve l'impunité ?
Non ! trop ils ont fleuri sous l'œil de la police,
Qui, naguère, semblait se faire leur complice.
Maintenant, grâce au ciel, on est moins indulgent ;
Ainsi que l'écolier sous les yeux du régent,
Plus d'un aujourd'hui tremble, et sait qu'on le surveille,
Mais que, de plus en plus, la prudence s'éveille !
Tant d'immenses périls restent à conjurer !
Si le théâtre enfin hésite à s'épurer,
Lui, trop longtemps cloaque, alors que la censure,
Implacable, lui soit, de jour en jour plus dure ;
Mais qu'aussi le public, faisant preuve de goût,
Se montre moins friand de l'obscène ragoût.
Ah ! certes, les auteurs, soucieux de lui plaire,
S'ils craignaient pour leur gloire, et surtout leur salaire,
Aiguillonnés bientôt d'un zèle impétueux,
S'empresseraient de prendre un masque vertueux.
Et si, lâche complice, avec eux il s'obstine,

Ce public, engourdi dans la vieille routine,
Alors, justice alors; et qu'enfin, par la peur,
Un code à la Dracon commande la pudeur!
Qu'on n'empoisonne plus la jeunesse novice
Alléchée au plaisir dans ces antres du vice;
Et que, les étouffant dans leur cercle maudit,
Sur Sodôme et Gomorrhe on jette l'interdit!

Mais le dirai-je encor, au risque du scrupule,
Et ma crainte faut-il que je la dissimule?
Quand de meilleurs conseils exaltent le talent,
Le théâtre au dehors devint-il excellent;
Modeste et vertueux comme une humble rosière,
Chaste comme l'enfant qu'on mène à la lisière;
N'y vit-on plus, ému par un art plus profond,
Que chefs-d'œuvre admirés pour la forme et le fond;
Serait-il moins, hélas! à l'ombre des coulisses,
Derrière le rideau, la sentine des vices?
Et comment empêcher de ce centre infecté
Que la contagion s'infiltre à la cité?
Sans relâche étouffer ces miasmes putrides,
Qui là, prompts à germer, terribles, homicides,
S'échappent par milliers et vont porter au loin
Le fléau dont en vain on se garde avec soin?
Ah! sans doute, toujours, épouvantable plaie,
La débauche, qui sert même à battre monnaie
Dans le laisser-aller de ces horribles mœurs,
Aura là ses foyers, ramassis d'impudeurs.

Mais fermer le théâtre ! oh ! c'est presque barbare ?
On y perdrait, hélas ! plus d'un chef-d'œuvre rare ;
Implacable à regret, ce conseil menaçant,
Oui, je le donnerais moi-même en gémissant.
Pourtant si l'on craignait la peste et ses ravages,
Apportés jusqu'à nous, des plus lointains rivages,
Dans ces tissus sans prix qu'on file à Cachemyr,
Parure du Rajah, du Nabab, de l'Émir,
Ou bien dans les joyaux, dans la riche matière ;
Pourrait-on, exposant la cité tout entière,
Un instant hésiter, hésiter sans remords,
A livrer promptement au feu tous ces trésors ?

COQUETTERIE.

Petite ! assurément tu seras la plus belle ,
Vois les jolis rubans et la fine dentelle ;
Si frais est le chapeau ; la robe est un amour
Et dessine à ravir la taille faite au tour ;
On fera compliment à Jenny du corsage.
Doucement et vers moi tourne un peu le visage !
Allons donc, étourdie ; incline-toi, je veux
Reprendre avec le doigt ces boucles de cheveux.
Une fleur pour finir, cela fera merveille ;
Puis un dernier baiser de ta bouche vermeille.
Et cependant l'enfant, tandis qu'on l'admirait ,
Rieuse, dans la glace, à loisir , se mirait.
— O mère, avez-vous peur , murmurait le poëte,
Que l'enfant ne soit pas un jour assez coquette !

A LA VITRE.

Il était temps enfin que s'émût la police !
C'était honteux de voir ces images du vice,
Dont les spéculateurs, ces impudents marauds,
Tapissaient à l'envi leurs obscènes carreaux.
Partout l'adolescent, à l'âme honnête et pure,
Craignait de rencontrer des scènes de luxure,
Ces immondes sujets, volés à l'Arétin,
Dans lesquels se jouait un crayon libertin,
Qui, du siècle dernier, roi de l'ignominie,
Aurait pu récréer la cynique agonie.
Tantôt... mais à quoi bon rappeler au lecteur
Ce qu'il n'a que trop vu, dédaigneux spectateur?
Enfin, grâce à l'Edile, a cessé le scandale,
Où sans tant d'impudeur aux regards il s'étale.

Car l'obstiné marchand, sous la vitre, en sournois,
Trop souvent glisse encor plus d'un tableau grivois,
Qui, moins déshabillé, moins cynique à l'écorce,
N'en déguise que mieux une perfide amorce,
Et sait à demi-mot tout dire à l'innocent.
Quoi ! le vice au besoin se fait presque décent !

GOURMET, GOINFRE ET FRIAND.

> Tout excès de nourriture est une cause
> de maladie.
> (HIPPOCRATE , *Aphorismes* , II , 17.)

Ils étaient trois assis, un monsieur respectable
Qui tenait, à lui seul, la moitié de la table,
Les autres vis-à-vis. — Il s'agit de dîner,
Et bien, dit l'un des deux. — Plutôt de déjeuner,
A peine il est midi. — Déjeuner-dinatoire
A l'instar des Romains. — Au diable votre histoire !
Ne perdons pas le temps à citer les anciens.
Ah çà ! vous n'allez pas nous commander des riens,
Dit le gros personnage ; il me faut du solide :
D'abord, un jambon frais arrosé de liquide,
Du bordeaux, mais du vrai. Garçon , emportez l'eau,
Sommes-nous des canards ? — Il a l'air d'un tonneau,
Rumine le garçon qui pourtant, sur l'augure,
D'un sourire à trois francs a grimé sa figure.

— Quelque bon saucisson, reprend l'homme important,
Par son ampleur du moins. Je fus assez content
Du dernier. Ajoutez, s'il vous plaît, deux bouteilles;
Que chacun ait la sienne et de grandeurs pareilles.
— Veut-il nous étouffer? interrompt le gourmet.
Encor, Gargantua, faut-il être discret.
Un pâté! du dindon! passe, mais sur la carte
Deux *beefteaks* et garnis, c'est trop! qu'on les écarte,
Pour être remplacés par quelque fin salmis.
— Un vole-au-vent, où bien, si ce vœu m'est permis,
Quelque plat délicat, omelette soufflée,
Ou primeurs de saison! puis songeons aux liqueurs.
— On a placé pour tout! Et les gros yeux moqueurs
Du monsieur corpulent (où pouvait loger l'âme ?)
Les narguait. Il semblait à voir l'hippopotame,
La bouche grande ouverte avec les yeux béants.
— Allons, c'est convenu, pour que tous soient contents,
Chacun aura son plat ou ses plats. — Sans qu'au reste,
Il garde tout pour lui, manière trop agreste.
Des huîtres, autrement point de bon déjeuner.
— Les voici — Bien, à moi la gloire d'étrenner,
Dit le papa raflant une écaille au passage
Quand l'assiette de près lui rasait le visage.
— Deux douzaines pour trois! se moque-t-on de nous?
Ajouta-t-il, faisant à l'huître les yeux doux.
Six douzaines à moi ne me suffiraient guère,
En attendant, marchons, à la guerre, à la guerre!
Pour les huîtres longtemps ne dura pas l'assaut,
Le tout comme une fraise eut disparu bientôt.

Après cette escarmouche, on vint à la bataille ;
La table se couvrit de force victuaille,
Pâtés chauds, pâtés froids, jambon fin, poulets gras ;
Et vraiment l'on n'avait du choix que l'embarras.
Le gros monsieur, d'abord sur tout faisant main-basse,
Dans son assiette comble entasse, entasse, entasse !
Il mange, il mange, il mange ou boit à plein gosier,
Muet et ne songeant qu'à remplir son gésier.
Sa mâchoire, en broyant, mordrait sur une enclume,
Les morceaux engloutis font peur par le volume ;
Il est affreux à voir, vorace et sérieux,
Dans l'assiette d'autrui mangeant encor des yeux.
Telle serait, ouvrant une gueule enflammée,
Après un trop long jeûne, une louve affamée.
Ses amis plus distraits, ou moins impatients,
Choisissent avec soin, habilement friands,
Les succulents endroits et les chairs les plus fines,
Et semblent, se léchant à l'envi les babines,
Ne songer qu'au morceau longuement savouré.

Un chapon apparaît, artistement doré,
Qu'une dinde accompagne, une dinde truffée,
Appétissante à voir, largement étoffée,
Et pour les délicats, outre ces mets pesants,
Deux oiseaux qu'à la plume on jugeait des faisans.
— Craignons de manger froid, messieurs, moi, je découpe,
Dit le friand du dinde ayant lorgné la croupe.
Comme s'il eût eu peur de le voir s'envoler,

Le gros, l'œil sur la bête, à peine osait parler.

— Je suis trop malhabile à découper, je jette,

Fit le gourmet, pour moi, les yeux sur la gazette.

Les annonces d'abord, au cas que, par hasard,

Il se trouve une cave à vendre quelque part.

Rien, rien pour aujourd'hui. Voyons la politique !

Oh ! non, c'est un régal qui n'a pas ma pratique,

Bouilli de séminaire. — Allez au feuilleton.

— Ah ! bien, nous tombons mal, un article *salon*,

C'est pour moi du Suresne avec une friture ;

Entre nous je demande à quoi sert la peinture ?

Des couleurs ! beau plaisir, n'avoir qu'à regarder.

— C'est mon avis, aussi, j'ai soin de me garder

De ce goût malheureux qui mène à la ruine.

— Oh ! l'absurde journal ! Des vers, autre cuisine

Aussi peu de mon goût. — Et du mien nullement ;

Ces mets-là sont malsains pour mon tempérament.

— Viande creuse encor plus certes que la peinture ;

Je n'irai pas maigrir sur si triste pâture.

— Ah ! enfin, dit le gros, vous y mettez le temps. [j'attends...

— Mourez-vous donc de faim ? — Non pas, mais quand

Le garçon interrompt : Quel poisson ? truite ou brême,

Brochet, sole, turbot ? on est riche en carême ?

— Moutarde après dîner ! Garçon, c'est un peu tard

Y penser, ce gros homme eût moins mangé de lard.

De l'évêque au surplus nous avons la dispense.

Un turbot ! Je veux bien faire un peu pénitence.

Le jeûne, reprend-il, absurde invention,

Moi, la bonne nature est ma religion.
— La meilleure. — Et vraiment faut-il qu'on s'exténue?

— Mais! d'où vient la rumeur qui monte de la rue?
Garçon, pourquoi ce bruit? — Un pauvre homme, de faim
A la porte est tombé! Mais, si cher est le pain!...
Convalescent à peine, il cherchait de l'ouvrage;
Ayant, à ce qu'il dit, sur les bras un ménage.
Sans manger, par bonheur, il ne s'en ira pas;
Grâce au patron; et puis quelques messieurs, en bas,
Lui font une collecte, émus de sa détresse.
— Ajoutez-y ceci, mais prenez son adresse,
Dit un adolescent, timide et sérieux,
Qui dînait à l'écart, tout seul, avec des œufs.
— Oh! père; fit tout bas du ton de la prière,
Une gentille enfant, essuyant sa paupière;
Père, donne pour moi, je ne puis plus manger.
— Heu! grommelait le gros, qui cessait de ronger,
Ils n'ont jamais d'argent, s'il les en fallait croire,
Ces flâneurs pour manger; ils en ont trop pour boire.
Qu'ils se bornent à l'eau! — C'est peu cher et c'est sain,
Major, voilà parler en docte médecin
Qui donne le précepte en oubliant l'exemple.
Bravo! pour du homard la portion est ample.
— Il en reste. — Oh! pour six! Et le gourmet, riant,
Laisse le saladier dédaigné du friand.

— Salut au Clos Vougeot, c'est la vraie ambroisie;

Un nectar qui vaut l'autre, — A moi la poésie!
Dit le friand voyant paraître le soufflé.
— Admirable, parfait! si jaune et si gonflé!
Le chef-d'œuvre de l'art! quoi! le journal encore!
Mon cher, il vous faudra quelques grains d'ellébore.
— Grâce au Ciel, je n'ai point le goût de ces horreurs
Et ne me drogue pas. Au diable les docteurs!
Les médecins, vraiment, c'est moi qui les enterre;
J'en compte cinq ou six, y compris un notaire,
Un bon vivant comme eux par la fièvre emporté.
Pour moi je ne me suis jamais si bien porté,
Et je vivrai cent ans si cela continue,
Bien buvant, bien mangeant, car la diète me tue,
Quoi qu'en dise Hippocrate. — Hippocrate est un sot,
Malade, je guéris et voilà mon sirop,
Dit le jeune, en montrant sa bouteille vidée.
— Et moi donc, trouvez-vous ma figure ridée?
Fit le Vitellius. — Non pas, quel teint fleuri!
Silène eut-il jamais un air plus réjoui,
Et, riche d'embonpoint, plus brillante apparence?
Vous êtes l'homme, ami, le mieux portant de France,
Je vous en félicite, et j'en suis enchanté;
Messieurs, au nom de tous, un toast à la santé.

D'un geste triomphant il éleva son verre
Qu'il rabaissa troublé. Le visage sévère,
Auprès d'eux, un jeune homme, à l'œil étincelant,
Les regardait d'un air poliment insolent.

Un sourire glissait, étrange et sarcastique,
Sur sa lèvre. Au profil on eût dit un antique,
Tant la chair était ferme et blanche. — Le jaloux,
Dit l'un des deux gourmands, il n'a d'yeux que pour nous.
C'est sa faute après tout s'il est blanc comme un linge,
A peine il teint son eau. — Vrai, l'air malin du singe,
Reprit un autre; mais, mais il est ennuyeux
A rire ainsi tout seul, d'un air mystérieux.
Moi, je vais lui parler à ce drôle. Jeune homme,
Que trouvez-vous en nous de si plaisant en somme?
Et parlons-nous trop haut? — Pas pour ceux qui sont
Devant moi je regarde, excusez...—Nos discours, [sourds,
N'ont rien, certes, qui doive alarmer la police?
— Non, celle d'ici-bas, sommaire en sa justice,
Mais il en est une autre. — Ah! monsieur est dévot?
— Je crois qu'il est un juge inflexible là-haut?
— Connu, bah! — Tout à l'heure, un toast, s'il faut le dire,
M'a, porté par tous trois, fait tristement sourire,
Car je suis médecin. — Fameux métier, tant mieux
Pour vous. — Et, sans orgueil, j'ai, dit-on, de bons yeux.
—Qué vous ont-ils fait voir?—Ce qu'il vaudra mieux taire,
Je crois, monsieur.—Docteur, comment donc, du mystère?
Nous savons que penser de l'art sinon de vous;
Les médecins s'en vont. Si vous voulez mon pouls?
Égayez-nous, sorcier, par la bonne aventure?
— Ne raillez pas, monsieur, comme pour la peinture.
Malgré ces airs gaillards, c'est grande vanité
A tous trois de porter un toast à la santé:

Tout franc, vous vous traitez fort mal pour des malades?
— Des malades! qui? nous? — Prenez garde aux salades,
Et de homard surtout, vous, Monsieur, mangez peu;
Buvez de l'eau, du lait, votre corps est en feu.
Je vous crois, par malheur, atteint d'hydropisie.
Mieux vaudrait une fièvre ou quelque pleurésie.
— Vraiment? — Vous, en dépit de ces belles couleurs,
Supprimez-vous le vin, monsieur, car vos douleurs.....
Vous devez en avoir? — Parfois? — Sont de la goutte,
Un terrible ennemi, les précurseurs sans doute.
L'apoplexie encor semble à craindre pour vous.
— Bien obligé! — Prudence, un régime très-doux.
Vous, monsieur, du soufflé redoutez la gastrite;
On n'en meurt pas toujours, en soignant l'entérite
Ou la phlogose à temps et devenant rangé.
Peut-être le pylore est-il endommagé.
Je ne viens point, messieurs, blâmer l'intempérance,
Tel n'est point mon devoir; je fais une ordonnance,
Sûr que bientôt l'excès trouve son châtiment,
Et que l'on n'enfreint pas de lois impunément.
Terrible vérité qu'un proverbe nous prêche :
Messieurs, on est puni toujours par où l'on pèche.
Voilà; si vous étiez mes parents, mes amis,
J'en dirais davantage. Au moins il m'est permis
D'ajouter prudemment : Cette affaire est la vôtre,
Tenez-vous prêts tous trois pour ce monde et pour l'autre.
Allez aux plus savants, d'ailleurs. Messieurs, bonsoir,
Et sans rancune aussi. Veuillez donc vous rasseoir.

Il sortit. Tous les trois, comme si du royaume
Où triomphe la mort se dressait un fantôme,
Le regardaient partir, et puis, silencieux,
Sans boire et sans manger, se regardaient entre eux,
Repoussant, consternés, leur verre et leur assiette.
Mais la peur dura peu, moins encore la diète;
Gorges-chaudes encor des docteurs, des curés!
Six mois après tous trois ils étaient enterrés,

MONSIEUR LE NOTAIRE.

C'est un homme important que monsieur le notaire.
Vénérable jadis et dans ses mœurs austère,
L'humble tabellion, s'il avait peu de bien,
Brillait riche du moins des vertus du chrétien.
Magistrat sérieux, du parchemin avare,
Il dictait ses contrats dans un style barbare,
Mais court, au principal se bornant à pourvoir,
Vraiment l'homme du droit ainsi que du devoir.
Pénétré du Digeste, imbu de la Coutume,
Comme il se recueillait, quand, pour prendre la plume,
De la poudreuse étude il franchissait le seuil!
Solennel, accoudé sur le cuir du fauteuil,
Calme et le front serein sous sa large perruque,
Ou sous le catogan qui protégeait la nuque,

Il semblait Rhadamante aux yeux de ses clients
Se tenant à l'entour sur les étroits pliants.
L'oracle du château, du couvent, de la ferme,
Docte mais éclairé, conciliant mais ferme;
Confident de chacun sans trahir leurs secrets,
Il savait empêcher le choc des intérêts;
Songeant moins à grossir le nombre des minutes
Qu'à prévenir de loin les procès et les luttes,
A rapprocher entre eux les parents divisés,
Et tromper Chicaneau dans ses détours rusés.
Du presbytère aimé, fêté dans les familles,
Personnage imposant aux yeux des jeunes filles,
Dont il semblait tenir le sort entre ses mains,
Deus ex machinâ, nécessaire aux hymens,
Il venait, gravement, aux beaux jours de la vie,
Pour sceller le bonheur de deux cœurs qu'on envie.
Pour son clerc ou ses clercs austère et paternel,
Il veillait sur leurs mœurs. S'il prêchait, solennel,
La vertu, le travail, la sobriété dure,
L'exemple s'ajoutait à sa morale pure.
Bref, l'apparence alors du sage extérieur,
Rarement n'était point d'accord avec le cœur.

On semble moins heureux dans le siècle où nous sommes;
Les charges, il est vrai, valent d'énormes sommes,
Mais les hommes, hélas! se prisent un peu moins.
Pour attester le fait, me faut-il des témoins?
L'étude maintenant, tournant à la boutique,

A perdu par degrés son caractère antique.
Chose étrange ! depuis qu'elle a tant renchéri,
Le notaire à nos yeux paraît s'être amoindri.
Moins vénérable à tous, conseiller moins intime,
Ce qu'il touche en écus, il le perd en estime.
S'il faut venir à lui dans un besoin urgent,
Souvent avec angoisse on lui laisse l'argent.
On le sait trop, plus d'un, qui dore la pilule,
Sur l'or de ses clients, peu délicat, spécule.
Quoi ! si le gain licite est une goutte d'eau,
Pour acquitter sa dette, alléger son fardeau,
Et si trop vainement, doublant le protocole,
De la grosse ou l'extrait il quadruple le rôle !

Tuteur officiel, surtout officieux,
Par un noviciat moral et sérieux,
Le notaire, à mon gré, dans un milieu sévère,
Devrait se préparer à sa grave carrière,
Et, docile aux conseils, méditant la leçon,
S'enrichir lentement d'une double moisson.
Mais souvent ! Que voit-on ? au sortir du collége,
Un jeune homme — peut-être impie et sacrilége —
Dans une étude entrant par hasard, par ennui,
Avec des compagnons plus éventés que lui.
Là, tout en griffonnant n'importe quelle prose,
Taillant sa plume, à moins qu'on ne fasse autre chose,
On rit, on batifole, on nargue le passant,
Surtout on s'entretient, folâtre adolescent,

Des passe-temps joyeux qui clôront la journée:
Le café, le billard, voire la Dulcinée.
Huit à dix ans ainsi, dans des lieux mal famés,
On perd son meilleur temps à des loisirs blâmés.
Pourtant vaille que vaille, à force d'écriture,
Du Code enfin on prend suffisante teinture.
L'âge arrive, enlacé dans de fâcheux contrats
On se met une étude, imprudent, sur les bras.
Cependant, pour payer il faut bien qu'on s'arrange;
Un ami s'entremet, on épouse et se range.
Mais quoi! la grosse dot ne suffit pas toujours,
Intérêts, capital, peut-être encor sont lourds;
Ou l'on se souvient trop parfois qu'on fut jeune homme,
Pour combler quelque trou l'on emprunte une somme,
Et vous savez comment? Par la fièvre égaré,
On osera toucher même au dépôt sacré.
On espère d'ailleurs qu'on remplacera vite.
Insensé! le faux pas au faux pas précipite.
A se tromper soi-même en vain ingénieux,
Pour ne pas voir l'abîme, on se couvre les yeux;
Il faut de chute en chute, en glissant sur la route,
Qu'on aille dégradé jusqu'à la banqueroute.
Elle éclate, ô stupeur! Un notaire flétri,
Et la honte des siens s'il est père et mari;
Un notaire traîné sur le banc des assises,
Pour y voir mettre à nu ses lâches convoitises;
Un notaire, autrefois l'orgueil de maint salon,
Compagnon du voleur au bagne de Toulon!

On aurait cru jadis ce scandale impossible ;
Il est rare sans doute, à peine encor sensible;
Ces messieurs, la plupart, discrets, intelligents,
Selon le monde au moins, sont des honnêtes gens,
Et l'on peut en citer dignes de toute estime.
A tel d'entre eux je garde un souvenir intime,
Vieil ami pour lequel j'ai regret à ces vers.

Mais on accuse à tort les tarifs d'être chers,
Car, en faisant payer, le notaire a des formes,
Et doit-il pas parer à ses charges énormes ?
— Assurément, aussi quelque projet nouveau,
Des offices peut-être abaissant le niveau,
(Et tout client d'avance à la réforme adhère)
Dans les ventes saura borner la folle enchère ;
Modérer les trafics, surveiller le contrat,
Sans permettre en marchand qu'on change un magistrat.
A l'avenir enfin, tout à son ministère,
Jamais spéculateur, il faut que le notaire,
Loin d'être un commerçant inquiet du débit,
Soit grave par ses mœurs comme par son habit.

LA PESTE LITTÉRAIRE.

I.

Vixit, elle a vécu cette littérature,
  Chère aux trafics du revendeur,
Nous étalant sa honte ainsi qu'une parure,
  Et se drapant dans l'impudeur.

C'est bien fini, j'espère, et l'heure des justices
  Sonne et la rejette au néant ;
Mais l'égout, qui déjà s'ouvre à tant d'immondices,
  Suffira-t-il, vaste et béant ?

Débordement affreux de cyniques ouvrages
  Qui, faisant une autre Babel,
L'un sur l'autre entassés, amoncelant leurs pages,
  Semblaient s'élever jusqu'au ciel !

Aux lueurs de la foudre enfin donc on s'éclaire,
　　La catastrophe ouvre nos yeux,
Et l'immense dégoût, suivi de la colère,
　　Commande à tous, impérieux.

Arrière cette fange et cette lie impure,
　　Drames, poëmes et romans,
Où l'on mêle avec art le sang et la luxure
　　En détestables condiments !

Faut-il que plus longtemps le théâtre inocule
　　La lèpre qu'on ne guérit pas ?
Non ! qu'on fasse pour lui ce qu'autrefois Hercule
　　Fit pour l'étable d'Augias !

Que de mal on a fait par tant d'horribles livres,
　　Par ces récits du feuilleton,
Qui semblent, la plupart, écrits par des gens ivres,
　　Ou dans les murs de Charenton !

Impunément des sucs de la plante homicide
　　Pourrait-on ainsi se nourrir,
Sans voir bientôt le corps qui se mine, livide
　　Et tout chancelant, dépérir ?

Hâtons-nous, il est temps d'arrêter la gangrène,
　　Fût-ce même avec le tison !
Mais tranchons dans le vif d'une main souveraine,
　　Si l'on veut bien la guérison.

Autrement appelez quelque bon coupe-tête ;
    Livrez la France aux égorgeurs !
Allons, l'assassinat pour terminer la fête,
    Plutôt que les poisons rongeurs !

Mieux vaut comme autrefois la mort brusque et sanglante
    Que la mort par consomption,
Que de périr minés sur la couche indolente
    Par une lente infection !

II.

J'avais dit ; mais hélas ! au-dessus de nos têtes
A peine l'on a vu se calmer les tempêtes,
Sur le noir horizon tout à coup éclairci
A peine un ciel plus pur resplendit, que voici
Reparaître au grand jour tous les livres cyniques,
Tous les écrits tombés des plumes sataniques.
Le feuilleton maudit, que je croyais à bas,
De nouveau triomphant, a repris ses ébats,
Et tente le lecteur par son attrait funeste.
Les journaux, derechef, propagent cette peste.
Sans doute chez plusieurs le style est plus décent :
Est-il moins dangereux pour un cœur innocent ?
Le lecteur ingénu, du poison qu'on déguise,
Ne doit-il pas plutôt craindre la friandise ?
De nouveau le public, aussi vain et léger,

Retourne à ses plaisirs, oublieux du danger,
A ces récits menteurs, babil de la nourrice
Qui de l'enfant ainsi divertit le caprice !
A ces vains passe-temps d'un esprit puéril
Qu'en pitié devrait prendre un intellect viril.
Tous les scribes connus vite ont repris la plume,
Sans compter au besoin les fatras qu'on exhume,
Vendus à quatre sous pour notre enseignement,
Ose-t-on bien encor nous dire effrontément.
Dans ce vil panthéon, cloaque littéraire,
Seul, un calcul abject conseillant le libraire,
Nous voyons tant d'auteurs dont l'esprit est fatal,
De nouveau retrouver l'honneur du piédestal ;
Jusqu'aux livres roulés dès longtemps dans la fange,
Et qu'avait loin de nous emportés la vidange,
Tous ils ont reparu, rajeunis, insolents,
Plus fétides encor comme de vieux galants.
Et le siècle applaudit à ces ignominies ?
Voilà son Panthéon, à lui, les Gémonies !

Croit-on que le pays sera régénéré
Par Pigault, Paul de Kock, Paul de Kock illustré ?
Par Balzac dont j'accuse à regret la mémoire,
Que protègent la tombe à la fois et la gloire ?
Sue encor vaut-il mieux que le vil échanson
Qui, dans le cabaret, frelate la boisson ?
Pourrait-on oublier cet autre, infatigable,
Qui se cloue, en forçat, jour et nuit sur sa table,

A la toise écrivant, roi des compilateurs !
Hélas, partout aussi s'offrent, pour les lecteurs,
Ces romans d'une femme, en leurs fiévreuses pages,
Des folles passions déchaînant les orages;
Ou tels drames qu'on sait, signés par les plus grands,
Cauchemars monstrueux de cerveaux délirants.

Si l'on vend à vil prix romans et poésie,
Ce qui coûte plus cher est-ce de l'ambroisie?
Des livres à trois francs qui foisonnent ailleurs,
Vieux ou nouveaux, le choix paraît-il des meilleurs?
Hélas! non, c'est le mal surtout, que multiplie
Je ne sais quelle aveugle et coupable folie!
Pour quelques livres purs, sérieux et sensés,
Combien d'écrits fatals, pêle-mêle entassés,
Qu'annoncent les journaux, soldés par la boutique,
Et qu'avec complaisance exalte la critique?
Quoi! l'on va rechercher, par l'instinct du chacal,
Jusqu'aux moindres fœtus rancis dans le bocal;
Et la presse à l'envi, la complice du crime,
S'empresse à nous vanter le chef-d'œuvre anonyme !

Oh! cette fois! c'est vrai! malgré ma volonté,
J'ai passé la limite, en ma fougue emporté.   [primes,
Je vais jusqu'au nom propre, au nom qu'on donne en
Et que moi je diffame en mes sauvages rimes!
Oui, j'ai tort! mais l'angoisse a troublé ma raison.
C'est que moi j'ai goûté jadis de leur poison,

Et du mal qu'il peut faire, ah! j'ai l'expérience,
Trop riche, à mes dépens, d'une amère science,
Assuré du péril, comment donc rester froid?
Ne pas s'exaspérer quand on a le cœur droit,
Un cœur qui bat sensible aux douleurs fraternelles,
Et qu'on voit chaque jour des victimes nouvelles,
Courant au suicide ou bien à l'échafaud,
Ou dont le corps est là palpitant et tout chaud?
Comment se taire, ô Dieu! l'âme tout attendrie
Par l'amour exalté de la chère patrie?
Quoi! si, loin d'y semer d'exécrables levains,
Ces fléaux du pays, criminels écrivains,
Eussent de leurs talents fait un meilleur usage,
Du siècle d'or peut-être on reverrait l'image.

Pauvre France! mes yeux se remplissent de pleurs,
Quand ainsi vers l'abîme, en vain couvert de fleurs,
Par ces fatals sentiers dont la pente est trop douce,
Vers le gouffre en riant, la démence te pousse.
Ingrats! contre le Ciel nous tournons ses bienfaits!
Devons-nous donc ainsi profiter de la paix,
Dernier sursis peut-être, hélas! qu'il nous accorde!
Seigneur, pitié, Seigneur! Dieu bon, miséricorde!
S'il est des criminels obstinés et nombreux,
Perdrez-vous, ô Seigneur, l'innocent avec eux?
Au milieu des démons vous voyez plus d'un ange,
Vous distinguez encor des perles dans la fange.
Ne nous laissez pas choir dans l'abîme profond,

Car tous ces malheureux savent-ils ce qu'ils font?
Et vous, que dans le ciel l'auréole environne,
Que j'ose avec la France appeler ma patronne,
Ma suprême espérance, ô Vierge, en ce moment,
O Mère, sauvez-nous du dernier châtiment.

LA CAUSERIE.

L'homme d'esprit, hélas ! deviendrait-il plus rare,
Ou bien de ses trésors se montre-t-il avare ?
Dans le monde aujourd'hui, cela choque les yeux ;
On ne rencontre plus que des gens ennuyeux,
Des gens qui font bâiller dès qu'ils ouvrent la bouche,
Et parlent des beaux-arts avec l'air d'une souche.
Plutus fut-il jamais pire pour Apollon ?
Maintenant quand on cause encor dans un salon ;
On ne s'échauffe pas dans un but poétique ;
C'est de graves sujets, comme on dit, politique,
Progrès, que l'on discourt, ou systèmes en l'air,
Mais de bourse surtout et de chemins de fer.
Beaux motifs d'entretien et sur eux comme on brode !
Les femmes, d'autre part, dissertant sur la mode,

Sur la coquetterie ou bien sur les marmots,
— Des conversations deux terribles fléaux , —
Ne prêtent au penseur, à l'artiste, au poëte,
Qu'un instant , par mégarde, une oreille distraite,
Et semblent demander si c'est pour les punir
Qu'on cause sur ce ton et si l'on va finir.
A moins que le roman, de beaucoup la lecture ,
A moins que le théâtre, autre *saine* pâture,
Ne soit sur le tapis, car alors on prend feu
Pour le livre du jour ; on exalte le jeu
De tel ou tel acteur dans la pièce nouvelle.
Comme cela remplit le cœur et la cervelle !
Mieux vaut la campagnarde , aux rustiques façons,
Qui comprend ses lapins, jase avec ses dindons,
Pâtit pour ses raisins et s'incarne en ses pommes.

Certes le sexe a tort, mais plus tort ont les hommes
Que l'on voit s'entêter , dans leur sot engouement ,
Aux choses que je dis jusqu'à l'hébètement.
Une heureuse maison où rit la gaîté franche ,
Où des cœurs chaleureux la liberté s'épanche ;
Où, pour causer du ciel et d'un autre avenir
Et de philosophie, on sait se réunir ;
Où parmi ses trois sœurs, l'ardente poésie,
Sûre d'échos nombreux, parle à sa fantaisie ;
Où l'art et l'amitié prolongent le dessert ;
Hélas ! c'est aujourd'hui l'oasis au désert.

LE CARNAVAL.

La licence effrénée tient maintenant
ses grands jours.
(Bossuet, *Loi de Dieu.*)

Toujours le carnaval et ses absurdes fêtes !
Vrai ! les humains parfois font regretter les bêtes ;
Je voudrais, pour deux jours, vivre parmi les loups:
Ils appellent cela se divertir, les fous !
On s'habille à l'envi des plus hideux costumes,
L'un met une peau d'ours, l'autre un habit de plumes ;
Grotesque, ébouriffé, digne de feu Scarron ;
Celui-ci prend des airs de marquis, de baron ;
Avec quelque vieux frac, guenille de toilette,
Qu'on craindrait de toucher même avec la pincette ;
Celui-là se chamarre en Turc de mauvais goût,
Qui, même au populaire, inspire le dégoût,
Sa dame l'accompagne, odalisque fanée ;
Un troisième en pierrot, à mine enfarinée,

Se déguise, ou revêt la toile à matelas
Du sautillant paillasse, ou de Jocrisse, hélas!
Endosse l'habit jaune et la dolente mine.
Macaire devient rare et son haillon décline,
Le siècle serait-il dégoûté du coquin?
Mais plus rare est aussi le joyeux arlequin,
L'arlequin d'autrefois, vif, pétulant et leste,
Qui joignait volontiers la parole et le geste.
Je ne cherche pas moins, assourdi de gros mots,
Ce bon polichinelle, idole des marmots;
Tous deux ont disparu comme le sel attique;
Comme l'esprit français; vive la politique!
On n'a plus aujourd'hui que des bobèches lourds,
Soufflant dans un cornet à rendre les gens sourds;
Car voilà le bonheur, on grimpe, l'on s'entasse
Sur quelque char-à-bancs, à branlante carcasse,
Pesamment attelé d'un vieux cheval goutteux,
Que Montfaucon attend avant un jour ou deux.
Ils sont là cinq ou six, godelureaux, lorettes,
Ces Laïs du bel air, aux folles amourettes;
On chante, on braille, on rit, sauf quelque temps d'arrêt
Par devant le café, même le cabaret.
On remonte au signal de chaque cornemuse;
On est blème; ou a froid, mais n'importe... on s'amuse...
Aviné, la voix rauque, insultant les badauds
Qui répondent, plus fort, des quolibets plus sots.
Or, tous ces *balochards* (pardon du mot étrange
Qu'il me faut, ô lecteur, ramasser dans la fange!)

Tapageurs furibonds, ces jeunes gens, l'espoir
D'une digne famille, ont quitté le comptoir,
Peut-être les salons d'un hôtel historique,
Pour venir gambader sur la place publique.
Car le peuple grossier, sorti de ses taudis,
L'artisan qui se plaît à chômer les lundis,
N'est pas le seul alors qui traîne la guenille,
Et que le bon sergent ramasse à la Courtille.

Mais le jour ce n'est rien! or attendez la nuit,
Puis dans tel bal public, dénoncé par le bruit,
Entrez, si vous l'osez : quel monde et quel tapage!
Quel chaos de rumeurs, quelle gaîté sauvage!
Fuis bien loin de ce gouffre, ô pur adolescent,
Qui trahis la pudeur par un front rougissant.
Car, même à l'Opéra, la parole est souillée,
Si la mise au dehors semble moins débraillée.
Oh! qui reconnaîtrait sous ces masques honteux,
A cet argot immonde, obscène, monstrueux,
L'être auguste que Dieu fit à sa sainte image,
D'un cœur libre voulant le généreux hommage.
Mais l'ingrat profanant le nom du bienfaiteur,
Comme à plaisir l'outrage, exécrable insulteur.
Horreur! ces furieux dont j'entends le blasphème,
Sont ces hommes pourtant qu'en se donnant lui-même,
Leur ayant tout donné, le Dieu mort innocent
Sur une infâme croix sauve au prix de son sang.
Et voilà de sa mort comme ils font pénitence;

4²

Comme ils vont attester enfin leur repentance !
Mais que sert de parler un langage chrétien
Pour ceux qui font rougir même un sage païen.
Caton aurait chassé vers les ombres cruelles
Ces Satyres abjects et leurs ordes femelles.

Entendez-vous ces cris et ces rugissements,
Ou du chat étranglé les affreux râlements ?
Sous les pas des danseurs qu'un galop fiévreux roule
Frénétiques, hurlants, au travers de la foule,
On craint de voir crouler le sonore plafond,
Ou le parquet s'ouvrir comme un gouffre profond !
Quel vacarme ! partout le délire et l'orgie,
Les habits déchirés tachés par la bougie,
Les buveurs chancelants ou couchés dans un coin,
Par le vin abrutis, dormant sur le *groin*.
A voir tous ces tableaux et la cohue ardente,
On se croit descendu dans les cercles du Dante ;
C'est l'enfer évoquant ses monstres déchaînés,
Et ses démons hurlant à l'envi des damnés.
Si le beau monde est là, mais où sera donc l'autre ?
Dans quelle fange ailleurs faudra-t-il qu'on se vautre ?
Oh ! si je descendais quelques degrés plus bas...
Mais sûrement, lecteur, on ne m'y suivrait pas.
Si j'allais affronter ces hideuses cavernes
Qu'éclaire le reflet des fumeuses lanternes,
Quels horribles tableaux à mettre sous les yeux !
Pour les gens délicats quels récits monstrueux !

L'ivresse apparaît là furieuse et brutale,
La débauche sans voile, abjecte et bestiale !
On s'y bat, on s'y tue... arrière ces tableaux !
Pour peindre les bandits manque-t-il de Callots?

Et voilà les plaisirs que la foule idolâtre,
Où, rapide, elle court avec un air folâtre,
Pour lesquels l'insensé, sans travail et sans pain,
Qui grelotte de froid, harcelé par la faim,
Vend au juif dédaigneux sa chétive défroque,
Son outil de travail ou sa fausse breloque ;
Puis demain tous ces gueux, qui vaguent sans manteaux,
S'en iront encombrer les vastes hôpitaux.
Après le carnaval combien meurent du rhume
Dans la triste mansarde ou sur le lit de plume !
Quoi! par tant d'amertume est-il donc acheté
Ce stupide plaisir si court pour l'hébété?
S'ils sont debout encor pour vaquer à l'ouvrage,
Beaucoup, auquel le prêt, sur quelque chétif gage,
Lésina son obole, à présent sans un sou,
S'habillent l'on sait comme et mangent qui sait où,
En maudissant le Ciel et l'âpre destinée.
Que de blonds jeunes gens, à mine efféminée,
Étendus tout du long sur de moelleux coussins,
Blêmes, verts, appelant les tardifs médecins,
Brusquant les serviteurs et désolant leurs mères,
Doivent s'ingurgiter les tisanes amères !

Et le docteur peut-être, attendri par leur sort,
Va, sur leur masque éteint, lire un arrêt de mort.

N'importe cependant! Même pour l'homme honnête,
Ces lamentables jours seront des jours de fête.
Je sais de bons chrétiens qui ne tolèrent pas
De passer sans régal un soir de mardi gras!

UN PAUVRE ÊTRE.

Vraiment, cet homme est laid ! l'incroyable visage !
Et qui n'admirerait voyant le personnage,
Sorte de Lestrigon qui fait mal ou fait peur,
Étrange à regarder, type de la laideur?
Ce magot rechigné, ratatiné, difforme,
Sur un corps de Lapon porte une tête énorme ;
Pour ce corps étriqué des jambes en fuseau ;
La figure du singe et du bouc. Le museau,
Je veux dire, on m'entend, la bouche du Satyre
Gonfle deux bourrelets où grimace le rire,
Et, de chaque côté, s'ouvrant affreusement,
Va rejoindre l'oreille, autre aimable ornement,
Qui, laissant voir à peine une conque aplatie,
Sert à l'expression de la face abêtie.
Les yeux, deux trous de vrille aux orbes rétrécis,
Ne disent rien, privés de cils et de sourcils.

La double aile du nez fait saillie à la base ,
Grosse et courte , et le reste , en s'évidant , s'écrase.
J'oubliais sur ce nez , gaîment épanouis ,
Comme de tendres fleurs , des milliers de rubis.
Le front bas , déprimé , dépouillé , presque chauve ,
Ou rarement taché des houppes d'un poil fauve ,
Loin de se redresser , dominant l'horizon ,
Avec l'air de noblesse attestant la raison ,
S'abaisse vers le sol où , pour nous invisible ,
Il semble que l'attire un aimant invincible.
Sa bouche s'ouvre-t-elle ? En glapissant , la voix
Déchire le tympan , aigre et sourde à la fois.
Où l'accent généreux de la parole humaine ,
Qui , telle que ce luth , quand la main s'y promène ,
Vibre à l'oreille émue en sons harmonieux ,
Et nous révèle une âme encor plus que les yeux ?
De l'instrument ici le timbre qui s'éraille
Ressemble au grincement d'une vieille ferraille.

Cet homme est-il un homme ou bien un animal ?
Sur quel type est frappé ce profil bestial ?
Ah ! ne vous hâtez pas d'accuser la nature.
Cet être d'où vient-il ? De la manufacture.
C'est là qu'il a vécu dès ses plus jeunes ans ,
Si c'était vivre , hélas ! traîné par ses parents ,
Père et mère ouvriers , dans un air méphitique ,
Épluchant les flocons de la plante exotique ;
Grêle avorton qu'on mêle à ce rude bétail ,

Attelé comme il peut aux buffles du travail.
Ses parents, le patron, brutale indifférence !
Pour un mince profit exploitent sa souffrance.
Dans ce milieu funeste, oublié du soleil,
Plus grand malheur ! privé de leçons, de conseil ;
Il a grandi chétif, comme grandit la plante,
Qui, sur la terre maigre, à la cendre brûlante,
Implorant en vain l'eau, croît en dépérissant ;
Tel, et plus misérable, on vit l'adolescent.
Et pas un mot pieux, une parole saine,
Pour servir d'antidote à ce langage obscène,
Aux jurons ponctuant l'argot des travailleurs,
Qui ne parlent jamais, impudents, gouailleurs,
L'un par l'autre perdus, que vin et que débauche.
Aussi, les malheureux, comme la mort les fauche !
Qui faut-il accuser ? Ah ! le maître comme eux ;
L'ouvrier, le patron sont coupables tous deux.
Car tous deux ils font voir pareille insouciance,
Ne songeant qu'au profit, sans mœurs et sans croyance.

Trop souvent le fléau d'une pauvre cité,
L'usine de malheur, qui s'élève à côté,
Des plus mauvais levains infecte les familles.
Que deviennent alors jeunes gens, jeunes filles,
Si la cupidité, la vanité, la faim,
Les pousse aux ateliers dans l'espoir d'un beau gain ?
Les femmes, trop souvent, hâves, exténuées,
Dans ce fatal milieu, font des prostituées ;

Et les adolescents par la corruption
S'étiolent bientôt jusqu'à l'abjection.
S'ils sont pères plus tard, résignés au ménage,
Gangrenés au berceau par leur libertinage,
Leurs fils seront pareils à l'être dont j'ai fait,
Crûment mais à dessein, un si triste portrait.

J'entends crier : *Progrès !* sans cesse à mes oreilles,
Quand du luxe à nos yeux s'étalent les merveilles.
J'admire volontiers, puissants ou gracieux,
Ces miracles, produit des arts ingénieux.
Mais quoi ! si, faute là de zèle et de prudence,
De la corruption le virus s'y condense ;
Si ces vices hideux, le fléau des États,
Pullulant, grandissant pour de tels résultats,
Font déchoir, chaque jour étendant leur domaine
Sur l'âme et sur le corps, la créature humaine ;
Si, deuil pour la patrie et la religion !
L'homme devient pour l'homme une contagion,
Dans ces centres brûlants où l'industriel plonge
L'être jeune et vivant ; si, là comme l'éponge
Que presse un fort cylindre et qui ne garde rien,
Disparaît tout entier l'homme avec le chrétien ;
Oui, s'il faut que toujours, et ce qu'à Dieu ne plaise,
Avec du sang, des pleurs, s'engraisse la fournaise,
D'où le chef-d'œuvre sort, fumant et glorieux ;
Et, quand nous l'admirons, s'il attriste les cieux
Qui chaque jour, hélas ! se voient ravir des âmes ;

Ah ! pour tous vos progrès je n'ai plus que des blâmes.
Qu'importe ton triomphe, ô folle vanité,
Et ton éclat trompeur, fausse prospérité !

Maître du feu, de l'air, emprisonnant la lave,
L'homme, plus que jamais, de lui-même est esclave !
Je dédaigne la pourpre où je sais des haillons !
Rendez-lui le grand air, la sueur des sillons !
Qu'ils retournent aux champs ces ilotes des villes,
Cupides, dépravés, insolemment serviles !
Là, de l'âme et du corps retrouvant la santé,
Ils se rajeuniront dans la mâle beauté.
Je le veux bien, faisons sa place à l'industrie,
Mais que l'agriculture, ô ma noble patrie,
Autour d'elle surtout rassemble les essaims,
Et te donne des fils généreux, forts et sains.
Quand on quitte la ville où sont tant de pygmées,
Où foisonnent les nains exclus de nos armées;
Ces conscrits qui, peut-être en narguant le niveau,
Sous la taille ont passé sans ôter leur chapeau;
Tant d'êtres avortés, laids, maladifs et grêles,
De nos pavés boueux les tristes sauterelles,
La plupart se courbant en précoces vieillards;
Oh! qu'il fait bon à voir nos hardis montagnards,
Les géants du Jura sous qui tremble la terre,
Aspirer fortement l'air pur et salutaire,
Ou de calmes bretons, carrés et musculeux,
Dans la plaine, en fumant, fiers de piquer leurs bœufs.

L'HOMME AUX POISSONS.

Voilà bien sans mentir un étrange bipède ;
C'est un homme pourtant ! de l'espèce il possède
Au moins l'extérieur , type, il est vrai, banal.
Il relève au soleil un front horizontal,
Mais bas et déprimé comme celui du nègre ;
Au reste le teint frais , et le visage allègre ,
Il a de grands yeux clairs qu'ombrage le sourcil ,
Mais un regard inepte à la fois et subtil,
Et pareil à celui de l'oiseau solitaire
Qui vit au bord des eaux , morne célibataire,
Guettant pour son souper la carpe et le goujon ,
Gobés à leur passage en dépit du plongeon.
Notre homme a ses deux pieds, mais sa démarche est lente
Comme celle de l'ours appuyant sur la plante.

Son abdomen trahit un aimable embonpoint.
Il s'habille d'ailleurs, mais ne se gênant point,
Recherche sagement le commode et l'utile,
Et de loin on dirait Robinson dans son île,
Sinon qu'au lieu de mitre, il coiffe en parasol
Un large chapeau rond qui lui bat sur le col.
Au chant du coq il part, quand l'aube matinale
A peine semble poindre et blanche et virginale,
Il court à son plaisir, un plaisir singulier,
Et cher au cormoran ainsi qu'à l'écolier.
Sur le bord d'un étang, d'un canal ou d'un fleuve,
Que le soleil le grille, ou qu'il tonne et qu'il pleuve,
Une perche à la main, on le voit, tout le jour,
Et sans bouger non plus que ferait une tour,
A moins qu'un léger coup fasse trembler la plume
Flottant sur l'onde; alors son œil fixe s'allume,
Le cou tendu, la jambe et le bras en arrêt,
Pour l'instant solennel, debout, il se tient prêt;
Grave comme un juré qui, pesant sa sentence,
Veut lire sur un front le crime ou l'innocence.
Et si, tirant la ligne, il sent quelque poisson
Qui résiste et veut fuir, piqué par l'hameçon;
Oh! comme avec prudence il conduit sa conquête
Pour l'amener au bord! et puis quel air de fête,
Quelle béatitude en jetant au panier,
Quand il le voit de taille, un nouveau prisonnier!
Et le dard amorcé, bien vite il recommence.

Homme heureux ! tous les jours, voilà son existence ;
Comme l'huître ou la moule il aime son rocher,
Et c'est bien rarement qu'on l'en peut détacher.
Ne lui parlez pas arts, commerce, politique,
Son cœur est tout entier dans le monde aquatique,
Et pour lui, franchement, tout le reste n'est rien.
Sait-il qu'il est Français, qu'il est homme et chrétien ?
Qu'importe ! il a trouvé le paradis sur terre.
Lui dit-on, l'étonnant par un langage austère,
Que l'homme n'est point né seulement pour jouir,
Indifférent à tout, hormis à son plaisir,
Et dans les passe-temps d'une âme puérile,
User sa vie à tous, à lui-même inutile.
Il trouve, quant à lui, ses jours fort bien remplis,
Et, vécût-il mille ans, après ceux accomplis,
On le verrait toujours, nautique patriarche ;
Comme le Dieu du fleuve, abrité sous une arche,
Jeter sa ligne au vent et lancer l'hameçon.
Sur sa tombe, où devra figurer un poisson ,
Sans doute on gravera comme épitaphe insigne :
« Ici gît qui vécut pour pêcher à la ligne ! »

L'AUTEUR ENTRE DEUX FEUX.

Aux malheureux je dis, loyal dans mon langage,
Conseiller fraternel : « Mes amis, du courage !
Vous avez de bons bras, pourquoi le désespoir
Qui, perfide, vous montre un horizon si noir !
Ah ! ne l'oubliez pas, le murmure est coupable,
Et Dieu nous l'interdit. La révolte exécrable,
Que, terrible, bientôt punit le châtiment,
Aggrave nos douleurs inévitablement.
Que revient-il pour vous de ces folles colères ?
Après le sang versé, de plus grandes misères !
Dupes des charlatans, jouets des factions,
Que gagnez-vous, hélas ! aux révolutions ?
Triste est le lendemain ; bientôt le travail cesse,
Et le remords pour vous se joint à la détresse,

5

Quand, vainqueurs désolés, vous regardez, d'en bas,
Ceux-là qui vous poussaient lâchement aux combats,
Sur le sol rouge encor, parmi d'horribles traces,
Se ruer à l'assaut des honneurs et des places.
Mais le pouvoir abuse et nous gouverne mal !
N'en croyez pas toujours sur ce point le journal,
Qui, souvent, téméraire, avec dédain censure
Ou blâme follement la plus sage mesure.

« Vous souffrez, dites-vous, et lourds sont vos fardeaux ;
Vous gagnez, à grand'peine et par de durs travaux,
Un pain grossier qu'amer vous rend la dépendance,
Quand, sans fatigue ailleurs, on rit dans l'abondance ;
Quand ces autres, oisifs noyés dans le plaisir,
Et regorgeant de biens, n'ont qu'à se réjouir.
Le bonheur, croyez-moi, n'est point dans la paresse,
Et Dieu sait bien punir l'abus de la richesse.
Souvent vous enviez, moins misérables qu'eux,
Un boulet plus pesant à d'autres malheureux.
Richesse et pauvreté sont les pôles du monde ;
C'est l'ordre qu'a voulu la sagesse profonde,
L'ordre établi de Dieu, qui, donnant à son gré,
Veut de chacun alors que le lot soit sacré.
Si les lots sont divers c'est afin qu'on s'entr'aide ;
Chacun a son devoir, qu'on n'ait rien ou possède.
Le pauvre, du fardeau qu'il porte noblement,
Sage, dans la vertu trouve l'allégement ;
Le travail est sa loi qu'il subit sans contrainte,

Comme une loi d'en haut, sans murmure et sans plainte.
Sûr qu'une providence a les regards sur lui,
Il n'est point envieux des richesses d'autrui,
Et le Ciel , rarement, laisse sans récompense ,
Même ici-bas , son humble et forte patience ;
Rarement l'ouvrier sobre et laborieux,
Qui ne gaspille pas pendant les jours heureux ,
Verra dans son logis s'installer la détresse ,
Et le pain lui manquer dans sa noble vieillesse.

« Amis, si librement j'ose vous conseiller ,
C'est qu'aussi j'ai vécu moi-même à l'atelier ;
Artisan, bien des fois j'ai pu voir , ô mes frères ;
Que le vice est surtout la cause des misères.
Je puis le dire , hélas ! sans trahir un secret,
Trop volontiers on entre et reste au cabaret:
Bien souvent l'inconduite amène le chômage ,
L'abandon des enfants, la brouille du ménage.
On se plaint hautement qu'orgueilleux ; le patron
Avec ses ouvriers prend des airs de baron ;
Et c'est vrai qu'on lui voit parfois ce ridicule ;
Comme aussi que sur eux tel avare spécule.
Mais souvent l'ouvrier , à son tour négligent ,
Lui, par le temps perdu , volera son argent ;
Ou bien, par une grève injuste et clandestine ,
Poussera brusquement le maître à la ruine.
Craint-il à son profit ; limousin , bourguignon ;
De marchander les gains d'un autre compagnon ,

Et de faire au besoin, tenté par l'occurrence,
Par de lâches rabais une âpre concurrence?
Est-il maître plus dur, plus ladre, plus altier,
Que ne l'est quelquefois tel naguère ouvrier?
Je vois maint serviteur parler d'une voix aigre
A de moindres valets traités comme le nègre.
On accuse le maître et le trouve odieux,
Mais pour ses propres torts on aura d'autres yeux,
Et bien vite on s'absout d'envie ou d'artifice,
Ou des gains criminels, ruine de l'office.
Trop souvent, en blâmant les abus du pouvoir,
Il faut blâmer ailleurs le mépris du devoir,
Et par le vice ainsi le pauvre se dégrade. »

Mais j'entends de ceux-là qui disent : « Rétrograde!
Il défendrait bien sûr la Saint-Barthélemy.
C'est quelque aristocrate, un traître, un ennemi;
Ce rénégat du peuple, il nous faudra le pendre. »

Et, triste, je souris sans vouloir me défendre.
Mais bientôt me tournant, grave et respectueux,
Vers ceux que dans le monde on nomme les heureux,
Je leur dis librement : « Vous n'êtes pas sur terre
Seulement pour jouir, par droit héréditaire;
De ces biens que le pauvre arrose de sueurs,
Alors que vous cueillez et les fruits et les fleurs.
Non, Dieu n'a pas voulu, dans l'inégal partage,
Au détriment de tous vous donner l'héritage:

Ce riche patrimoine, aujourd'hui votre lot,
Cet or entre vos mains formidable dépôt,
Doit être comme un fleuve à la source profonde
Qui prodigue ses eaux aux terres qu'il féconde.
Malheur à l'égoïste empressé de tarir
Le flot qui, chaque jour, plus lent semble courir!
De son crime ici-bas, qui souvent fait sa honte,
Méchant, il lui sera plus tard demandé compte.
Il doit sa pitié tendre au timide orphelin,
Et son aumône large à qui manque de pain;
Aux bras forts du travail, trésor de l'indigence,
A tous les serviteurs charitable indulgence,
Sans jamais, avec eux trop rude et trop hautain,
Maître, faire sentir que pesante est sa main.
Il doit l'exemple à tous comme à Dieu son hommage,
Et de la Providence être comme une image.
S'il ne fait pas le bien, il est cause du mal,
Poussant stupidement au chaos social.
Ces hommes dans lesquels il ne voit pas des frères,
Il les livre, Caïn, aux funestes colères,
Au murmure, au blasphème, et, par son froid dédain,
Aux terribles conseils que leur donne la faim.
Pour de tels possesseurs la richesse est fatale,
Au malheur insulté s'offrant comme un scandale;
Elle aura tôt ou tard son expiation;
La richesse égoïste est malédiction !! »

Or, trouvant à son tour ma parole bien dure,

Et, sombre, à mes avis plus d'un riche murmure :
« Qui donc, audacieux, nous parle sur ce ton?
Un échappé du bagne ou bien de Charenton?
Ou mieux c'est quelque drôle oublié sur la liste.
Arrière le brigand ! gueux de socialiste ! »

Mais une voix d'en haut semble dire : « C'est bien,
Poëte, ton langage est français et chrétien ! »

CATASTROPHES.

I.

On court chez des amis au retour d'un voyage :
— Y sont-ils ? — Le concierge a changé de visage,
Grave et laissant son air banal et souriant,
Le mouchoir à la main, sur le ton larmoyant :
— Monsieur ne sait donc pas? — Quoi donc? —Madame est
— Pas possible!—Montez, trop facile est la preuve. [veuve.
—Lui mort ! à mon départ encor si bien portant?
Mort ce gai camarade et que l'on aimait tant?
— Nous en sommes tous là ! sa fortune était faite
Enfin, à ce qu'on dit, quand un grand mal de tête
Le prit, un beau matin, avec fièvre et transports.
Pour le sauver, monsieur, on fit de vains efforts;
Les médecins fameux vinrent à la douzaine ;
Ils y perdirent tous leur latin et leur peine.
C'est vexant tout de même, avoir tant travaillé,
Puis s'en aller ensuite, en saint Jean dépouillé.

Ah ! Monsieur, quand on voit que si courte est la vie,
Franchement du gros lot on n'a plus tant d'envie,
Un homme si gaillard et si vite enterré,
Ça donne bien raison aux sermons du curé.

II.

Morte hier ! et huit jours avant, belle et parée,
L'idole d'un époux, jeune mère enivrée,
Couvant de ses regards le riant chérubin,
Elle faisait gaîment les honneurs du festin.
Qui ne portait un toast à sa longue espérance ?
Aujourd'hui des sanglots ou le morne silence !
A la porte je vois les tentures de deuil,
Et j'entends au-dessus que l'on cloue un cercueil;
C'est le sien, pauvre femme ! heureuse et tant fêtée
La veille, et, tout à l'heure, à la fosse jetée.
Catastrophe terrible ! et regrets déchirants,
Époux vraiment à plaindre, infortunés parents !
Et nous tous, réveillés par ce coup de tonnerre,
Vivons encor, vivons, ne pensant qu'à la terre,
Au plaisir, à l'argent, à nos brèves amours,
Sans nul souci de Dieu qui nous fait ces beaux jours !
Oublieux de la mort qui nous guette dans l'ombre,
Autour de nous toujours rôde, invisible et sombre,
Calculant déjà l'heure où le râle étouffant
Lui livrera l'époux, ou la mère, ou l'enfant.

LES DIEUX DE L'OLYMPE.

Ce scandale est bien vieux, c'est toujours un scandale,
Qui trop insolemment à nos regards s'étale.
N'est-ce pas inouï que l'on voie en tous lieux
Ces marbres indécents, reliques des faux dieux?
Hé! pour les amateurs ayez des galeries,
Mais qu'ils ne souillent pas du moins les Tuileries,
Et que, dans ses jardins, leur classique impudeur
N'aille pas de l'enfance étonner la candeur.
L'Olympe m'a gâté l'admirable Versailles,
Et tout son personnel qui couvre les murailles,
Frissonne dans les eaux ou rit sous le bosquet,
Vieilles banalités, me donne le hoquet!
Sommes-nous des Romains ou des Grecs de Corinthe
Pour nous affriander par la nudité peinte,

Par ces marbres galants dont le déshabillé
Choque jusqu'aux bourgeois à l'œil écarquillé?

Moi, j'aimerais à voir ces types poétiques
Dont la splendeur rayonne aux âges héroïques,
Bayard ou Du Guesclin ; un Bonchamps, un Marceau,
Sous l'ombrage flottant qui se voûte en arceau,
Remplacer le Sylvain et l'ignoble Satyre,
Ou l'Apollon bellâtre au visage de cire.
Sans emprunter ailleurs d'équivoques héros,
Bientôt on remplirait les vides piédestaux.
La France, grâce au Ciel, en ouvrant son histoire,
N'a guère, à chaque pas, que le choix de la gloire.
Si l'on voulait, n'osant se décider entre eux,
Donner un souvenir à tout nom lumineux,
L'artiste, jour et nuit, taillant marbres et pierres,
Épuiserait en vain les profondes carrières ;
Avant qu'il fût au tiers de l'œuvre seulement,
L'espace manquerait à plus d'un monument.
Rois, pontifes, docteurs, illustres capitaines,
Poëtes et savants, surgiraient par centaines,
Et viendraient à l'envi, par l'art ressuscités,
De leur foule innombrable, encombrer les cités.

Or, je crois, à côté du palais qu'on restaure,
Condé resplendirait mieux que le Minotaure.
Turenne méditant, Catinat ou Villars
Feraient battre les cœurs, attirant les regards,

Certes tout autrement que l'esclave à l'œil fauve,
Sur lequel on voudrait pouvoir tirer l'alcôve.
Tous ces groupes d'enfants candides et joyeux,
Dans le jardin en fleurs éparpillant leurs jeux,
Quand leur cœur tout entier passe dans un sourire,
Pourraient, ô Jeanne d'Arc, en t'admirant s'instruire,
Et ce bon peuple encor, naïf et sérieux,
Qui trouve froid le marbre et passe dédaigneux,
S'il reconnaissait là quelqu'un de ceux qu'il aime,
Ayant reçu du feu le terrible baptême,
Desaix, Latour d'Auvergne ou l'austère Drouot,
Le peuple à l'entour d'eux s'empresserait bientôt.
Ah! si partout, au lieu de cyniques images,
S'offraient à l'œil ravi les héros et les sages,
Ou ceux, plus grands encor, et dont la charité,
Sainte auréole, a fait la popularité;
Tant d'exemples présents exalteraient les âmes,
Y rallumant soudain de généreuses flammes.
Mais non! le préjugé, tyrannique, obstiné,
Hélas! est dans nos mœurs si fort enraciné,
Que beaucoup trouveront mes plaintes ridicules,
Et, français et chrétiens, railleront mes scrupules.
Bien des siècles encor, les dieux et demi-dieux,
Comparses de l'Olympe, absurdes, odieux,
Sans doute, trôneront, défiant les tempêtes
Qui grondent si souvent au-dessus de leurs têtes;
Eux qui tranquillement, éternels spectateurs,
Ont déjà vu passer tant d'illustres acteurs,

Deux ou trois royautés sous leurs pourpres antiques,
Un gigantesque empire entre deux républiques.

N'importe, souhaitons un art mâle et décent,
Qui, par la sympathie, arrête le passant.
Je ne dédaigne pas la savante plastique ;
Mais plutôt la roideur du vieux style gothique
Que cet art routinier, voluptueux et rond,
Ne voyant que la forme, insoucieux du fond,
Niant le modelé sous un noble costume !
Qu'on en finisse donc avec cet art posthume !
Plus de mythologie ou déesses ou dieux,
Malhonnêtes souvent, toujours fastidieux !
Oui, je préfère même à toutes ces sottises,
—'Ah ! tant pis, en parlant, si je prends mes franchises
Et si je fais de moi rire quelques nigauds ! —
Je préfère aux Vénus, Chinois, vos laids magots.
Mais quoi ! se retrempant dans une source pure,
Belle et chaste à la fois peut être la sculpture,
Et, nous montrant une âme à travers ses splendeurs,
Sainte ou patriotique, enfin parler aux cœurs.

UNE TERRIBLE AGONIE.

Peccator videbit et irascetur, dentibus
suis fremet et tabescet.

(PSALMISTE.)

Il est là sommeillant à demi sur sa couche !
Quel étrange sourire a contracté sa bouche ?
La clarté de la lampe, en tombant du plafond,
Fait ressortir encor la pâleur de son front ;
Cette pâleur, ô mort, apparaissant, terrible,
Sur quiconque est touché de ton doigt invisible:
Le voilà, misérable, affaissé sous ton bras,
Et qui, râlant, se tord d'angoisse entre les draps,
Lui, l'écrivain fameux parmi les plus célèbres :
Il sent venir le froid des horribles ténèbres,
Hélas! sans doute aussi des suprêmes moments
Venir les désespoirs, les épouvantements.
Soudain il se redresse avec une secousse :
Oh! voyez, des deux mains on dirait qu'il repousse

Un objet effrayant offert à ses regards.

Qu'est-ce donc? son corps tremble et ses yeux sont hagards;

Puis, avec cette voix de l'homme qui suffoque,

Il semble qu'il répond dans un morne colloque;

Il a l'air de parler avec un inconnu,

Quelqu'un qu'on ne voit pas et pour lui seul venu.

Qu'entend-il? que voit-il au delà de la tombe.

Est-ce un rêve? pour moi soudain le voile tombe?

Frissonnant à mon tour, et tout pâle, ô stupeur!

J'aperçois de mes yeux ce qui lui faisait peur :

Satan à son chevet et des spectres sans nombre,

Plaintifs ou menaçants qui surgissent dans l'ombre,

Puis, comme des lueurs qui sortent des enfers

Nous montrant tout à coup les gouffres entr'ouverts.

L'ange maudit sourit en regardant sa proie;

Et le mourant, pareil à l'homme qui se noie,

S'accrochant à son lit par un dernier effort,

Résiste à son vainqueur et lutte avec la mort.

Triste, l'ange gardien est à l'écart qui pleure.

Mais lui : «Je ne veux pas, non, ce n'est point mon heure!

SATAN.

Crois-tu? nous attendrons. Tu n'échapperas pas!

Tu m'appartiens, mon cher, aussitôt le trépas !

LE MOURANT.

Moi! quel mal ai-je fait? arrière, noir fantôme!

C'est chimère, d'ailleurs! j'ai nié ton royaume,

A ces songes d'enfant qui donc peut croire ?

SATAN.

Toi !

Ose dire à présent que tu n'as pas la foi ?

LE MOURANT.

Ah ! Dieu !

SATAN.

Mais c'est trop tard que s'ouvre ta paupière !
Réprouvé.

LE MOURANT.

Réprouvé !

SATAN.

Ta vie est tout entière
Un tissu de forfaits et tu n'en doutes pas !
Entends-tu ces damnés qui t'accusent d'en bas,
Et tous ceux qui sont là pour te faire cortége ?
Écoute...

LES SPECTRES.

Condamné ! condamné ! sacrilége !
Fratricide, voilà tous ceux que tu perdis,
Caïn, viens avec nous, viens avec les maudits.

LE MOURANT.

Je ne vous connais pas.

PREMIER FANTOME.

Pourtant tu fus mon maître,

Par ces fatals écrits qui t'ont fait trop connaître.
Oui, j'étais innocent et j'avais le cœur pur,
Et dans mon humble foi du bonheur j'étais sûr;
Mais Satan, pour lequel ta main tenait la plume,
Satan vint me tenter en m'offrant ton volume,
Par toi je fus bientôt impie et débauché!
Sois maudit.

DEUXIÈME FANTOME.

C'est aussi par toi que j'ai péché,
C'est ton livre, méchant, qui m'a donné la fièvre;
Alors que je tournais le feuillet criminel,
Malgré l'ange gardien, conseiller fraternel.
Je sentis comme un feu qui me brûlait la lèvre,
Tu fus le séducteur, hélas! bien avant l'autre.
Sois maudit.

TROISIÈME FANTOME.

Sois maudit, toi du vice l'apôtre!
Toi par qui, l'infamie entrant dans ma maison,
J'oubliai tout à coup, infâme trahison!
Les devoirs de l'épouse avec ceux de la mère.
Sois maudit, toi bien plus que mon lâche adultère.

QUATRIÈME FANTOME.

Moi, tu m'appris le crime, et j'eus plaisir, jaloux,
A sentir mon rival expirant sous mes coups.
Sois maudit.

CINQUIÈME FANTOME.

Assassin , c'est ton livre perfide,
Lui seul, qui m'a poussé, jeune homme au suicide,
Et plongé dans l'abîme, ah ! sois maudit !

SIXIÈME FANTOME.

Cruel !

Oh ! c'est aussi par toi que du monde réel
Je sortis haletant après une chimère.
Mon sang, qui fume encor, t'accuse avec ma mère.
Sois maudit.

SEPTIÈME FANTOME.

Sois maudit, en tombant de là-haut,
Je laissai ton chef-d'œuvre auprès de mon réchaud.

HUITIÈME FANTOME.

Moi, de même.

NEUVIÈME FANTOME.

Ah ! combien !...

DIXIÈME FANTOME.

Tu nous entends, vampire,
Nous sommes des milliers venus pour te maudire,
Venus pour te chercher.

LE MOURANT.

Seigneur, pitié , Seigneur,

LE FANTOME.

Va, le Seigneur est juste, et toi, vil corrupteur,
Auteur de tous nos maux, tu dois dans les abîmes
Tomber aussi, tomber, rejoignant tes victimes.

LE MOURANT.

Seigneur !

SATAN.

Il est trop tard, allons, il faut partir !

LE BON ANGE.

Il n'est jamais trop tard pour un vrai repentir.

LE MOURANT.

Grâce ! grâce !

SATAN.

Insensé ! ton âme criminelle
Voudrait-elle frauder la justice éternelle ?
Si le passé t'accuse, ah ! songe à l'avenir ;
Car ton livre avec toi, lui, ne va pas finir.
Longtemps il survivra pour la perte des âmes,
Que tu sais si bien, maître, attirer dans nos flammes.
Tes écrits, ô grand homme, ils seront immortels,
Et je veux qu'à ta gloire on dresse des autels.

LE MOURANT.

Malheur ! malheur ! malheur ! ah ! maudite la gloire !

SATAN.

Enfin, damné, suis-moi !

LE MOURANT.

Non, je crois, je veux croire.

SATAN.

Mais tu n'espères point ! tu crois comme Judas !

LE MOURANT.

Oh !

SATAN.

Viens, il est temps, viens.

LE MOURANT.

Jamais ! jamais !

LE BON ANGE.

Hélas !

Mais tout a disparu de mes yeux comme un rêve.
Le mourant seul est là comme atteint par un glaive,
Regardant, l'œil éteint et morne, autour de lui,
Tel qu'un homme incertain et qui cherche un appui.
Sa bouche est entr'ouverte, et, penché sur son maître,
Un serviteur ému surprend ce mot : Un prêtre !
Puis un souffle, et plus rien. Le coupable est jugé !...
Comment ? Dieu sera-t-il par nous interrogé ?

IL FAUT QUE JEUNESSE SE PASSE.

Ce proverbe du diable et non de la sagesse
On ne s'en fait pas faute, et surtout la jeunesse.
Que dis-je? mais parfois, scandale des plus grands!
Le sourire à la bouche, on entend les parents,
Citoyens estimés, respectable ménage,
Par ce mot excuser l'affreux libertinage
D'un jeune débauché que blâme un indiscret,
Quand peut-être on l'admire et l'envie en secret.
— Bah, il jette sa gourme, assez tôt on se range.
Un gaillard de vingt ans d'ailleurs n'est pas un ange,
Dit le père; et faut-il toujours être occupé
A contenir en vain le cheval échappé?
Moi, j'ai lâché mon coq, tant pis, veillez vos poules.
Et sans remords le vieux s'en retourne à ses boules
Ou bien à son piquet.

              Certes, il a raison:
Pour retenir son fils paisible à la maison,

Heureux de plaisirs purs ou d'une grave étude ;
Il faudrait aujourd'hui trop de sollicitude,
Des efforts surhumains sans espoir de succès.
Mais dans son âge ardent s'il s'emporte aux excès,
Dans les déréglements quand sa fougue l'égare,
Qui faut-il accuser, père aveugle et barbare,
Mère dénaturée et qui dites l'aimer ?
Vous cruels, vous surtout, c'est vous qu'il faut blâmer.
Prévoyant les périls, de peur qu'il se hasarde,
A l'entour de son cœur mîtes-vous une garde ?
L'avez-vous cuirassé contre la passion
Qui, terrible, soudain va faire explosion ?
O parents criminels, instruit par vos exemples ;
C'est pour les profaner qu'il entrait dans nos temples.
Sans principe et sans règle il suit tout bonnement
Son instinct, comme il dit, et son tempérament.
Mais quoi ! si, quand le feu s'allume dans ses veines ;
De sa raison flottante il ne tient plus les rênes ;
Si la fièvre le pousse à de fatals écarts,
Aux basses trahisons des loups et des renards ;
Si sa jeunesse à lui, tristement avilie,
N'est pas, comme on l'espère, une courte folie ;
Si, funeste adultère ou lâche suborneur,
Honteusement il perd ou la vie ou l'honneur ;
Vous plaindrez-vous devant sa tombe diffamée ;
Récoltant la moisson que vous avez semée ?
Coupable plus que lui de son déréglement,
Mauvais père et puni d'un juste châtiment.

Ah! *jeunesse se passe!* Illusion, mensonge!
Malheur à qui tout jeune en ces fanges se plonge,
Cédant au vil attrait, se gorge du poison
Avec lequel Circé renverse sa raison!
Malheur à qui, poussé d'une fureur brutale,
A souillé follement sa robe virginale!
Son cœur flétri, souvent, toujours, reste attaché,
Par des liens secrets, à son hideux péché,
Et vieillard, quelquefois, tristement l'y ramène!
La foi seule, la foi peut ce grand phénomène
D'un repentir sincère où, par le feu sacré,
Le cœur se rajeunit saintement épuré.
Quand on a bu tout jeune à cette source impure,
La jeunesse passée, oh! j'en crois l'Écriture,
Cette corruption, qui pénétra ses os,
Suit l'immonde pécheur dans la nuit des tombeaux.

LES ADIEUX A LA TOMBE.

Qu'elle repose ici cette noble dépouille
Que suit d'un long adieu le regard qui se mouille.
Dors en paix, ô vaillant, à l'ombre du figuier
Qui borde l'Oasis. Modèle du guerrier ;
Ton nom n'est pas de ceux que la gloire burine ;
La balle qui troua cette mâle poitrine,
De la patrie, hélas ! de ta mère, ô douleur !
A moissonné soudain l'espérance en sa fleur.
Oh ! quand arrivera la si triste nouvelle,
Qu'un cachet noir avant la lettre nous révèle ;
Quel deuil pour cette mère, en lisant tes adieux ;
Elle qui t'attendait pour lui fermer les yeux.
Oh ! déjà je la vois, l'inconsolable veuve,
Se noyer dans ses pleurs à la seconde épreuve,

Mais chrétienne pourtant, se traînant à l'autel,
D'un regard éperdu chercher encor le ciel.
Que ne peut-elle, hélas! comme nous, sur la pierre,
Venir pour épancher son cœur et sa prière!
Elle saura du moins que tu t'es endormi;
Le crucifix en main aux bras de ton ami.

Frère, tu vécus peu pour léguer à l'histoire
Un nom retentissant, une illustre mémoire.
Tu nous laisses pourtant, ô jeune homme au cœur fort;
L'exemple de ta vie et celui de ta mort,
Ce souvenir vivant de ta vertu si pleine;
Présageant le héros dans l'obscur capitaine,
Modeste dans les camps, mais terrible aux combats.
Comment! si jeune encor, vénérable aux soldats,
Qui te nommaient leur père et dont je vois les larmes,
Quand j'entends leurs sanglots, ô mon compagnon d'armes?
Oh! c'est qu'ils t'admiraient, stoïque adolescent,
Calme et chaste, dans l'âge où bouillonne le sang.
C'est que ta tente était comme le sanctuaire
Que craint de profaner le langage adultère!
C'est que tu leur parlais de leur mère ou leur sœur
Avec un tel accent quand, ferme avec douceur;
Tu leur disais : « Amis, respect à la captive;
Etouffant dans l'angoisse une plainte furtive!
Que la femme pour vous ne soit pas un butin!
Vainqueur, pour le vaincu ne soyez pas hautain!
Alors que son cœur saigne, ah! permettons qu'il pleure!

Paix au toit innocent! paix à l'humble demeure!
De l'hôte, quel qu'il soit, honorant la maison,
N'y portez pas le deuil par une trahison.
Songez que Dieu vous voit, pensez à la patrie,
Grande par ses enfants, mais avec eux flétrie!
A-t-elle en vain compté sur votre dévouement?
Qu'on l'admire par vous, qu'on l'aime en vous aimant!
Puis, au jour du péril, la conscience pure,
Croyez-le bien, amis, c'est la meilleure armure. »

Ainsi tu leur offrais l'exemple et la leçon!
Tu sus qu'on obéit de tout autre façon
Quand un vivant modèle au devoir nous incline;
Quand le cœur nous commande avant la discipline.
Certain que sur leur chef les soldats ont les yeux,
Et qu'ils sont ce qu'il est, tu fus brave et pieux,
Sans craindre d'attester, en chrétien magnanime,
A la face de tous, ta croyance sublime.
Ton cœur, hélas! glacé, brûlait d'un double feu,
Ne séparant jamais sa patrie et son Dieu.
Ainsi faisait Bayard dans sa forte assurance,
Ainsi faisait Drouot que pleure encor la France!
Tu fus humain comme eux, comme eux compatissant,
N'épargnant point ton or, prompt à donner ton sang!
A tes yeux c'était peu que le plus fier courage
Sans les nobles vertus, leur auguste entourage:
Sans elles tu savais qu'il n'est point de héros,
S'il est de durs guerriers, quelquefois des bourreaux,

5*

Et tu fis admirer cette belle alliance
D'une vertu sans tache unie à la vaillance.
Tu l'avais bien compris, tu le disais, hélas!
Souvent la récompense est trompeuse ici-bas;
Cherchons plus haut! car même elle échappe au mérite.
Ah! la gloire pourtant te doit une visite.
Adieu, fidèle ami, dont j'emporte le deuil!
Nul ne reste à veiller auprès de ton cercueil,
Le devoir nous commande, on te laisse en arrière,
Et c'est un ennemi qui garde ta poussière;
Il la gardera bien! car peut-être, en pleurant,
Lui-même, il t'aura vu tomber au premier rang!
Toi dont le nom, béni par le blessé farouche,
Dans le désert déjà volait de bouche en bouche.
Puis Dieu protégera ces restes d'un mortel
Dont l'ange radieux emporte l'âme au ciel.
Adieu! non, au revoir, toi que le port abrite!
Heureux qui t'applaudit, plus heureux qui t'imite!
A l'ombre du drapeau dont tu faisais l'honneur;
Tu vécus sans reproche et tu mourus sans peur!

UN HOMME VŒUF,

Brute !... le mot est dur, mais, cherchant l'harmonie,
Faut-il être indulgent pour cette ignominie.
Nous sortions un dimanche, un digne prêtre et moi,
De la ville marchande où si rare est la foi,
Où vainement on cherche une seule boutique,
Qui pendant le saint jour se ferme à la pratique...
— Stéphane, dit quelqu'un, arrêtant le conteur,
Trève, pour cette fois, aux phrases de docteur ;
Nous blâmons comme toi la rage mercantile.
— Très-bien, je laisse donc tout exorde inutile.
Nous quittions les faubourgs quand, infectant le vin,
Un homme nous arrête au détour du chemin,
Les traits enluminés et d'un rouge livide,
Un rire d'idiot sur sa face stupide,

Ses vêtements souillés. — Ah ! Monsieur le curé,
Dit-il, bonjour ! pardon, je vous ai rencontré
Fort à propos ! Je viens... pour moi l'assaut est rude.
— Toujours le cabaret, toujours votre habitude !
— Quand on a du chagrin faut bien se consoler,
Ler... ler... je... je... pardon ? je venais vous parler,
Je suis bien malheureux ! — On vous met à la porte
De nouveau, n'est-ce pas ? — Non, mais ma femme morte.
— Subitement, donc ! — Euh ! — Sous les coups ou de faim.
Et les pauvres enfants aussi manquent de pain ?
— Ça se peut bien. Voilà, tant plus que l'on travaille,
Pour la nourrir, tant plus mange aussi la marmaille.
— Malheureux, au travail, où tu vas à regret,
Te voit-on pas toujours bien moins qu'au cabaret ?
Pour les tiens n'as-tu pas des entrailles de pierre ?
Mais allons, conduis-nous d'abord à la chaumière.
La pauvre Marguerite eut toujours de la foi,
Ajouta le vieillard parlant comme pour moi !
Etourdi par le vin il s'est trompé peut-être,
Et sa femme, là-bas, sans doute attend le prêtre.
Marche donc ! — Oui, curé. Mais malgré ses efforts,
L'autre allait de l'avant avec des haut-le-corps,
En étendant les mains, comme dans la nuit noire
On s'avance à tâtons. — Ils m'auront trop fait boire,
Tout de même, dit-il, et, perdant son aplomb,
Dans un fossé voisin il tomba de son long,
En ruminant, je crois : Gueux de vin ! fière botte !
— Ne perdons pas de temps ! qu'à loisir il barbote

Dans sa fange ! voyez, pour lui c'est un tapis,
Jusqu'à notre retour qu'il y reste ; tant pis ,
Dit le prêtre !

Et tous deux, marchant d'un pas rapide,
Nous courons, — le curé devant comme le guide, —
Par un étroit sentier, vers la pauvre maison ,
Masure chancelant sous un toit de gazon.
A l'entour un jardin où de rares légumes
S'étiolaient sans eau. Quelques débris de plumes
Témoignaient, seuls encor, au regard attristé
Que le poulailler vide , un jour fut habité.
C'était navrant à voir ! — Ah ! la maudite ivresse ,
Voilà ses fruits , les fruits de sa sœur la paresse,
Murmurait le pasteur en franchissant le seuil.
A sa suite j'entrai ! Quelle scène de deuil !
Du pauvre visitant bien souvent la demeure,
Je crus n'avoir rien vu pourtant jusqu'à cette heure.
Dans la chambre d'abord rien que les quatre murs,
Sauf une vieille table avec ses pieds mal sûrs,
Un mauvais tabouret laissant tomber sa paille,
Et les restes d'un banc. La marmite qui bâille
Près de l'âtre sans feu. Des assiettes, un plat
Vide aussi. Dans un coin, sur un chétif grabat,
La morte auprès de qui brûlait une chandelle,
Et deux petits enfants sanglotant là près d'elle.
— C'est trop vrai , dit le prêtre, hélas ! c'est bien fini !
Et pas même auprès d'elle un crucifix bénit !

— Mon papa l'a vendu l'autre hier. A voix basse,
Ainsi parlait l'enfant. Tenez, voilà sa place.
Maman a bien pleuré; mais père est le plus fort !
Réveillez donc maman, car toujours elle dort !
— Pauvre enfant ! dit le prêtre, essuyant une larme,
Le vice est implacable et rien ne le désarme.
Abandonner ainsi ces pauvres orphelins,
Assassin de sa femme ! oh ! les ours sont humains
Auprès de ces gens-là, race féroce et vile.
Mon ami, s'il vous plaît, courez donc à la ville.
Qu'on apporte au plus tôt quelque linge et du pain
Pour ces pauvres enfants qui sûrement ont faim ;
Un drap pour le linceul, moi je reste en prière ;
N'oubliez pas le cierge ! un crucifix ! si Pierre
Se trouve sur vos pas et moins pris de boisson,
Ramenez-le, qu'il aie encore une leçon.

J'obéis, et, sortant, je vais, hâtant ma course :
Moins prompt le voyageur qui craindrait pour sa bourse,
Je trouvai maître Pierre où nous l'avions laissé.
Seulement, s'asseyant au revers du fossé,
Il s'était couché là sur le gazon humide,
Les deux pieds allongés dans le fangeux liquide,
Aussi tranquillement que dans le meilleur lit;
La face et les habits encroûtés d'un enduit
De boue épaisse et jaune, et sur la triple couche.
Avait coulé le vin, écume de la bouche.
Tel qu'en sa grotte on vit Polyphême étendu,

Si bien peint par Virgile, et tel l'individu,
Mais plus hideux encor. Pourtant, en honnête homme,
On l'entendait ronfler, dormant d'un profond somme.
En vain je l'appelai, lui secouant le bras,
Il fut sourd. Le quittant, je m'éloigne à grands pas.
Je prévins à la ville un homme de police.
« Que voulez-vous, dit-il, c'est ainsi que l'on glisse,
Quand le vice nous tient, jusqu'au fond du bourbier.
Moi j'ai connu votre homme excellent ouvrier,
Bon père, bon mari. Mais, après une veille,
Il prit goût par malheur un jour à la bouteille.
Il ne s'est pas à temps défié de l'attrait,
Et ne vit aujourd'hui que pour le cabaret. »

MAZURKES ET POLKAS.

Serait-ce, cher monsieur, sympathie ou prudence ?
Comment ! dans tout ceci pas un mot de la danse ?
Me dit certain censeur, d'un air malicieux.
— Hé ! les Dames, Monsieur, m'arracheraient les yeux,
Si j'osais en médire ; on sait assez leur rage
Pour ce plaisir ; or moi je tiens à leur suffrage,
Jaloux de ménager...— Vous qui n'épargnez rien,
Hardi frondeur ! je crains que certain faible...— Oui, bien,
Je l'eus, pour être franc, avec la maladie
Qu'on appelle jeunesse, à cette heure engourdie,
Et je ris maintenant d'avoir eu ce travers,
Ridicule entre ceux dont se raillent mes vers.
Qui pourrait de sang-froid comprendre cette fièvre ?
Étrange passe-temps ! en imitant la chèvre,

Sauteler et bondir, ou, dans ses entrechats,
Gambader en tournant comme les jeunes chats.
Pour bien juger la danse, il faut, sur chaque oreille,
Lecteur, mettre une main! Les danseurs, ô merveille!
Qu'on les regarde alors de face ou de profil,
Ont l'air de ces pantins tenus au bout d'un fil
Et que, pour divertir les marmots, on balance.
C'est un plaisant spectacle à lorgner en silence.
Comme on observe bien, impassible témoin,
Les mines de chacun, à l'affût dans son coin :
La coquette qui rit, créature sans âme,
De tous les papillons se brûlant à sa flamme.
Oh! que, pour la punir, elle se sente un cœur
Quelque jour, et qu'il saigne au mépris d'un vainqueur!
J'admire celle-ci qui pose en ingénue,
Elle, à tous les regards s'offrant à demi-nue.
La mode rend banal cet usage effronté
Que permet le salon le plus collet-monté.
Telle vieille en profite, exhibant ses salières.
Auprès une novice, aux façons écolières,
Rougit, toute confuse, au propos caressant,
Trop pareil à l'aspic sous les fleurs se glissant.
La mère n'est pas loin qui sûrement babille
A l'endroit du prochain, et croit garder sa fille.
O l'habile dragon, qui veut sauver son or,
Et, sous l'œil des voleurs, expose le trésor!
O prudence, pouvant la couver sous son aile,
Au milieu des chasseurs lâcher la tourterelle!

Mais, dira la maman, à tort on voit du mal,
Dans l'innocent plaisir que l'on appelle un bal.
Il faut bien qu'on s'amuse en sa jeune saison,
Malheur, si l'on est triste! —

                Oh! vous avez raison,
Mère, dans l'âge d'or, au bon temps des mœurs pures,
Quand les ruisseaux de lait coulaient sous les verdures,
Quand le tigre, aujourd'hui la terreur des humains,
Pour être caressé venait lécher leurs mains!
Peut-être alors le bal, aimable avec décence,
Pouvait, sans nul péril, égayer l'innocence.
J'y crois, sans l'avoir vu. Mais ils sont loin, ces jours
Où la colombe en paix dormait près des vautours,
Où le monde naissant s'agitait dans ses langes!
Je doute qu'à présent les hommes soient des anges,
Par tels que je connais; et j'avouerai tout bas,
Que sur vingt à dix-neuf je ne me fierais pas.
Mère, ces damoiseaux qu'on invite à la fête,
Si décents, si polis, bien légère ont la tête,
Et le cœur plus encor. Tel qui semble charmant,
Est un franc libertin, infernal garnement,
Pire que Lovelace. Or, pour vos demoiselles,
Tous auront, pensez-vous, des âmes fraternelles?
Pas un ne glissera ces petits mots sournois
Qu'il suffit par malheur qu'on entende une fois?
Nul danger, croyez-vous, dans la valse et la danse
Où la main prend la main au gré de la cadence?

Dans ces galops fiévreux ; mazurkes et polkas,
Et tant de nouveautés qu'on prône avec fracas,
Près desquelles jadis la discrète gavote,
Même la chaîne anglaise aurait semblé dévote !

Encore le progrès ! O pères et maris,
Du scandale et de vous ce n'est pas moi qui ris ;
Mais j'admire vraiment, dans nos mœurs peu jalouses,
Comment on a souci des filles, des épouses.
Certes, je n'entends point qu'on les mette sous clé,
L'oiseau qu'on rend farouche est plus vite envolé ;
Mais faut-il, imprudent, d'une main familière,
Ouvrir à l'épervier follement la volière ?
Vive la joie honnête et l'aimable gaîté
Des cœurs épanouis en toute liberté !
Le méchant seul devrait connaître la tristesse ;
Mais par des plaisirs purs récréez la jeunesse ;
En manque-t-il jamais pour les cœurs innocents ?
Craignez, d'ailleurs, craignez ceux qui troublent les sens,
Éveillent dans l'esprit de funestes pensées
Et dont mortellement les âmes sont blessées !
Le bal est de ceux-là trop souvent, je le crois ;
Dans le monde où je vais, où j'allais autrefois,
J'ai vu tous ses périls, les vanités rivales,
Les orgueils effrénés, les rages infernales,
A propos d'une robe ou d'un chiffon de prix ,
D'incroyables dédains et d'effrayants mépris ;
Sous les chaudes clartés tombant des girandoles

J'ai vu l'œil égaré par des ivresses folles,
Et, pareils dans leur fuite au léger papillon,
Des anges qu'emportait le fougueux tourbillon,
Hélas! déchus plus tard, et que, pourtant bien fières,
Leur souriant de loin, montraient du doigt les mères.

Encor je peins ici, moraliste discret,
Les fêtes du salon que j'accuse à regret.
Mais si j'osais parler des plaisirs populaires,
Et des bals villageois, déchaînant mes colères,
Combien plus durement il me faudrait blâmer
Telles danses qu'ici je craindrais de nommer!
Qui l'ignore? les bals d'habitude au village
Sont l'école du vice et du libertinage.
Là se perd la jeunesse, et, dépravant les mœurs,
Les criminels levains fermentent dans les cœurs.
Dans un air infecté l'on respire la peste;
Y tombant par malheur, si l'innocence y reste,
Ne fût-ce qu'un instant, sur elle il faut pleurer.
Là, par de vains espoirs on se laisse leurrer,
Et le fatal amour, conduit par la folie,
Blesse et tue en riant. Là du travail s'oublie
La joie humble et sereine aux leçons de l'orgueil;
Et la coquetterie, avide d'un coup d'œil,
Fait mettre à sa victime, hélas! se jouant d'elle,
Tout un mois de labeurs dans un bout de dentelle.
Aussi dans la chaumière où le prêtre est moqué,
L'exemple, le conseil si souvent ont manqué!...

Quoi! dans le bal mes yeux, pleins de larmes amères,
Le plus souvent aussi cherchent en vain les mères!...
Chose étrange à penser! La morale aux abois
En vient à réclamer la contrainte des lois;
Il faut des arrêtés, dans l'oubli des familles,
Pour fermer, si l'on peut, à leurs fils, à leurs filles,
Affamés de plaisir, fermer, avant quinze ans,
Ces tripots de la danse ouverts par les parents.
Encore de ceux-ci plus d'un gronde ou murmure,
Et trouve pour les siens la police bien dure,
Trompant leur appétit pour les fruits défendus.
Puis de graves bourgeois, qui font les entendus,
Blâment l'autorité, jaloux du droit des pères,
Qu'on voit si négligents de leurs devoirs austères;
Ils jugent qu'on a tort, et tancent les sergents
De gêner pour si peu la liberté des gens.
Du magistrat pour moi j'approuve la tutelle,
D'ailleurs lui conseillant prudence dans le zèle;
Plût au Ciel que l'on pût, en dépit des censeurs,
Sagement en tous lieux mettre au pas les danseurs!
Mais j'ai beau faire, hélas! et, perdant mes paroles,
Je n'empêcherai pas l'amour des cabrioles.

L'AMOUR DES BÊTES.

Je l'avouerai, les chiens, animaux domestiques,
Fort utiles d'ailleurs, me sont antipathiques.
J'estime assez les chats à cause des souris
Dont je suis le voisin, mais peu je les chéris.
Le perroquet m'ennuie, et je le donne au diable,
Ne pouvant l'étrangler. Le serin est aimable,
Ainsi que la fauvette, ou le chardonneret,
Mais leur ramage, enfin, un peu trop me distrait.
Le singe et l'écureuil sont deux méchantes bêtes,
Qui mordent jusqu'au sang, comme certains poëtes
Qu'il ne faut pas nommer, et moi, qui suis prudent,
A distance je tiens ou la griffe ou la dent.
Pour les bêtes d'ailleurs, manquant de sympathie,
J'ai de l'humanité. Si j'en fais quelque hostie
Et fusille gaîment un lièvre ou des perdreaux,
— Ne soyons point tant fat, un rat ou des moineaux ! —

Je craindrais de couper, ému du sang qui coule,
La gorge d'un pigeon, d'une oie ou d'une poule.
Assommer Jean Lapin me parait une horreur,
Et je crois que plutôt je dinerais par cœur.
Parfois même, à ce point délicat et sensible,
J'ai regret en tuant même un être nuisible,
Chenille et limaçon, fléau du potager,
Et sur leur chou voudrais ne point les déranger.

Les jeux de l'écolier provoquent ma colère;
Mutiler par plaisir le vif coléoptère,
Ou la mouche qui fuit emportant pour cadeau
L'appendice en papier, homicide fardeau,
Fi! fi! cela me semble invention cruelle,
Et l'âme d'un Commode en ces jeux se révèle.
Bien souvent, dans la rue, en voyant un brutal
Assassiner de coups un honnête cheval,
Pour venger la victime, avec une autre taille,
En brave, à ce méchant, j'aurais livré bataille.
Dans la peur d'écraser, sous un pied inhumain,
L'insecte fugitif, je m'écarte en chemin.
Plus d'un lecteur sourit entendant ce langage;
Oui! du grand ouvrier je respecte l'ouvrage
Dans la moindre merveille, oh! mais ne suis pas fou
Jusqu'au point d'imiter le scrupuleux Indou
Qui laisse autour de lui pulluler la vermine,
Ou croira que du bœuf la chair le contamine.
Je prise un bon potage; et, le cas échéant,

Ne laisse point ma part d'un rôti succulent.
Vrai ! lecteur, au régal je permets qu'on m'invite,
Sans me scandaliser lorgnant la lèchefrite!
Mais si l'Indien me semble un absurde dévot,
En adorant Wishnou, les deux Brahma, Shivô,
De gens que je connais je raille les tendresses
Pour de vils animaux, et les folles caresses.
Cette sotte manie on la pousse à l'excès,
Et je veux aujourd'hui lui faire son procès.

On en pourrait citer maint exemple incroyable :
Chez les uns le carlin a sa place à la table,
Sa chaise ou son fauteuil ; un domestique a soin
De se tenir derrière et le sert au besoin ;
Les morceaux les meilleurs encombrent son assiette.
Ailleurs, où l'on est moins jaloux de l'étiquette,
On laisse volontiers ou le chien ou le chat
Sur la table grimper pour y flairer le plat,
Et dans la même écuelle avec lui l'on partage.
D'autres, stupidité ! priveront du potage,
Ou du gâteau qu'il suit d'un regard larmoyant,
Le bambin consterné pour le bichon friand.
C'est pitié ! nous voyons les bêtes inutiles
Dangereuses parfois, infester champs et villes ;
Souvent on les nourrit avec d'excellent pain,
Tandis qu'en leurs greniers des malheureux ont faim.
Quoi ! voulons-nous aussi de ces bandes canines
Faire comme le Turc nos vivantes sentines,

Les laissant par milliers menacer nos talons?
Avec trop de péril déjà nous circulons!
Puis c'est piteux de voir — tant pis si je suis rude! —
De nos dames les soins et la sollicitude
Pour de vilains griffons, pour de hargneux roquets
Qu'on porte sous le bras en frétillants paquets.
Non, je ne comprends pas l'amitié ridicule
Qu'ont de certaines gens pour un animalcule.
Chez des voisins, un soir, j'entends des cris affreux: [dieux!»
« Malheureux! il est mort, oh! oui, bien mort, grands
Et puis de longs sanglots et des torrents de larmes.
Ce profond désespoir éveille mes alarmes,
J'entre vite, et je vois qu'en se tordant les bras,
On pleurait un matou le roi des angoras,
Sans doute; mais enfin eût-on fait davantage
Pour le plus cher enfant, le perdant au bel âge?

Je n'exagère pas, vraiment oui, chez ces gens,
Pour les êtres humains voisins désobligeants,
L'amour des animaux tourne à l'idolâtrie.
Cette vieille a chez elle une ménagerie,
Épagneul, angora, cochons d'Inde, serins,
Pie ou merle, pinsons, moineaux pillards de grains,
Tout cela qui remue avec force tapage,
Aboyant, miaulant, piaulant dans la cage.
Quoi donc! homme barbare, êtes-vous de rocher?
A quelque chose enfin il faut bien s'attacher?
Grommèle sourdement l'antique demoiselle

Qui d'un air menaçant a roulé sa prunelle.
— Doucement, et sur moi ne lâchez point Azor ;
Madame, j'en conviens, il vaut son pesant d'or,
En donner moins serait à coup sûr d'un avare.
Prenez garde, je crois qu'à mordre il se prépare.
Un charmant animal ! mais pourtant, s'il vous plaît ,
Qu'il ne déjeune pas de mon maigre mollet.
— Décidément, Monsieur, vous n'aimez pas les bêtes !
Mais quels êtres font donc ces ogres de poëtes ?
— Un fâcheux compliment que je n'accepte pas !
Ah ! que trop innocents parfois sont leurs repas !
Et d'une avare main pour eux Cérès moissonne !
Madame, pour ma part, je n'ai mangé personne,
Et, réduit à l'horreur d'un festin si sanglant,
J'irais, dans les forêts, y savourer le gland.
Non, je n'ai point un cœur de tigre et de panthère,
Mais sur le sentiment je veux qu'on se modère.
— Hélas ! — Que l'animal, satisfait d'un regard,
Dans nos affections n'ait point trop large part.
— Oh ! de l'isolement savez-vous la torture ?
A cette faim du cœur il faut une pâture !
— Aussi la charité s'offre pour la nourrir ;
Il est des malheureux toujours qu'on peut chérir.
Et puis encor pourquoi se borner à la terre ?
Impatient d'aimer , on souffre, et, solitaire,
Autour de soi l'on cherche un regard fraternel,
Ah ! pour se consoler, qu'on regarde le ciel.

LES ARTISTES.

Mieux vaut aux boulevards enfourner la galette
Qu'à l'instar de ces gens tenir une palette.
Des artistes cela! critique sérieux,
Craignons de profaner ce titre glorieux!
Non, non, pareil métier n'est pas de la peinture.
Bel emploi du talent, s'ils en ont d'aventure!
L'un se plaît aux sujets vulgaires et badins,
Dans ses niais tableaux, délices des Jourdains,
Autour desquels d'abord s'empresse la cohue
Des ineptes bourgeois, alléchés par la vue.
Pour ces crétins jamais est-on assez banal!
Un Monsieur se chauffant le nez dans son journal,
Ou prenant son café, peut-être en tête à tête
Avec son chien, son chat, qui, gourmand, lui fait fête;

Un honnête épicier broyant son cacao ;
Des rentiers du Marais, s'amusant du loto,
Ou sagement assis, famille respectacle,
Pour l'aimable nain jaune, à l'entour d'une table ;
Le marchand de coco qui, dans le gobelet,
Fait mousser la liqueur, ou Perrette à son lait
Mêlant l'eau baptismale ou vendant des brioches ;
Une maman lavant et peignant ses mioches ;
Voilà de ces tableaux les motifs scintillants.
Chez tel autre ce sont les sujets croustillants :
La dame ou demoiselle en toilette équivoque
Dont l'œil ou le sourire agaçant nous provoque ;
Un mardi gras qu'on fête, et de jeunes beautés
Riant dans un festin avec des éventés ;
Et de pires sujets que je tais par décence,
Craignant, trop peu discret, d'alarmer l'innocence.

Je le sais, chez plusieurs ce n'est point parti pris ;
En s'entendant blâmer même ils semblent surpris,
Du sens moral perdant la nette conscience
Dans les égarements d'une folle existence.
Beaucoup, que l'atelier a blasés sur le nu,
Trouvent cela tout simple, et, d'un cœur ingénu,
Déshabillant les gens, ils ne peuvent comprendre
Qu'à la tentation l'innocent soit si tendre.
Mais certains, dégradant à plaisir leurs pinceaux,
Qu'ils trempent sans pudeur aux fanges des ruisseaux,
De nudités sans voile, en leurs œuvres impures,

Avec effronterie étalent les souillures.
Et ces indignités trouvent des acheteurs !
Oh ! ces peintres, abjects comme leurs amateurs,
Misérables, pour moi méritent les galères,
Non des bravos, des croix et de riches salaires.
Tous ces industriels qu'on voit se diffamant
Par l'abus scandaleux d'un métier infamant,
Il faut les écraser d'impitoyables blâmes,
Eux, suppôts de l'enfer qui dépravent les âmes,
Et, les vils instruments de la corruption,
Se font un piédestal de leur abjection.
Qui peut dire, qui sait, hélas ! que de victimes
Les accusent ? Combien de chutes anonymes
Dut causer tel tableau, multiplié souvent
Par la lithographie ou le burin savant ?
Ah ! si je puis, du moins qu'ils sentent ma férule !

Dans cet âge de fièvre où c'est du feu qui brûle
Aux veines du jeune homme à la place de sang ;
Alors, de tous côtés, que, pour l'adolescent,
Il est des ennemis, dans cet effort suprême
Où, souvent, il lui faut triompher de lui-même ;
S'il lutte avec courage, incessamment tenté,
Quelle scélératesse et quelle lâcheté
De venir en sournois lui dresser son embûche,
Le piége où sa raison, hélas ! parfois trébuche !
De cette impiété, tous les jours sous mes yeux,
Je vois, exaspéré, quelque exemple odieux,

Et je m'étonne encor de la noire malice
Qui fait que, de Satan devenu le complice,
Ou stupide ou méchant, dans un but tout vénal,
De sangfroid on se voue à l'esprit infernal.
Sur eux tombe ma voix comme un bruit de tonnerres !
Quel châtiment devrait punir les mercenaires
Par qui cet art, pour moi si cher et si sacré,
Sert aux plus bas trafics, métier déshonoré ?
Infâme marchandise est pour eux la peinture !
Dégradant à la fois et l'art et la nature.

Le pinceau chaste et fier, dans un but glorieux,
Aime à transfigurer un sujet radieux,
Et veut être immortel par d'illustres ouvrages,
Eux se rendent fameux par de honteuses pages.
Certes on les croirait dédaignés ou maudits !
Oh ! non pas, d'habitude on les voit applaudis,
Fêtés par le public, et leurs œuvres obscènes,
Téméraires au moins, trouveront des Mécènes.
Le marchand encourage, avide et souriant,
Un genre dont partout on semble si friand.
Les moindres tablotins, décolletés et lestes,
D'assez maigres pinceaux souvent produits funestes,
Ou tout au plus jolis et fadement coquets,
Mieux qu'aux premiers beaux jours, ô Flore, tes bouquets,
Sont vendus et payés comme chefs-d'œuvre rares,
Mais pour le talent vrai des Crésus sont avares;
Mais tel sublime artiste, et pauvre et sans honneurs,

N'a peut-être, à huis clos, que de tièdes prôneurs;
Et longtemps méconnu, péniblement travaille,
Au risque de mourir oublié sur la paille;
En mordant un pain noir quelquefois attendu,
Dans l'angoisse il poursuit son labeur assidu.

LE DOIGT DE DIEU

DANS LES RÉVOLUTIONS,

> ... Jamais la divinité ne s'était montrée
> si claire dans aucun événement humain.
> (J. DE MAISTRE.)

Épargnez-nous, grand Dieu, de nouvelles ruines,
Épargnez-nous ces temps de luttes intestines
   Où tous les droits sont confondus,
Où du ciel noir chargé d'éternelles tempêtes,
La foudre, sans relâche éclatant sur les têtes,
   Sillonne des fronts éperdus!

Qu'ils ne reviennent pas, ces jours pleins d'épouvante
Où la société, sur sa base mouvante,
   Sent d'effroyables tremblements,
Quand sur elle déborde un déluge de crimes,
Quand à grands flots le sang des plus pures victimes
   Inonde les pavés fumants.

Puisse-t-on ne plus voir ces lamentables scènes
Qui nous donnent pour rois, triomphateurs obscènes,
  La vile écume des pervers,
Et portent au sommet la populace immonde,
Comme la vase impure, alors qu'on trouble l'onde,
  Monte à la surface des mers.

Dans ces heures de crise horrible, universelle,
Sur un terrain miné tout s'ébranle et chancelle,
  Le sol est jonché de débris;
Du champ qui se partage on déplace les bornes;
Les possesseurs s'en vont avec les faces mornes,
  Nus, affamés et sans abris.

Dirai-je ces horreurs qui deviennent banales
Et sont le passe-temps des âmes infernales?
  Sous des vêtements solennels,
La foule saccageant l'église en proie aux flammes,
Les prêtres, les vieillards, les enfants et les femmes
  Expirant au pied des autels?

La folle impiété s'attaque à Dieu lui-même;
La bande des démons, en hurlant le blasphème,
  Profane les saints ossements,
Et fouille des deux mains les plus augustes tombes;
Il faut le sacrilège à défaut d'hécatombes,
  Comme entr'acte aux égorgements.

Tout s'abîme à la fois ; au milieu des décombres.
Les antiques pouvoirs ne sont plus que des ombres ;
    Thémis met son glaive au fourreau,
A moins que dérobé par des monstres cyniques,
Couvrant l'assassinat de formes ironiques
    Il ne passe aux mains du bourreau.

Le faible doute alors, quand il n'est pas complice,
Et du sort implacable accusant le caprice,
    Cherche aux cieux la divinité !
L'homme de foi qui, lui, voit de plus haut l'histoire,
Sait qu'à tous les Caïns un triomphe illusoire
    Promet en vain l'impunité.

Car, spectacle à la fois magnifique et terrible !
Jamais le doigt de Dieu n'apparaît plus visible
    Et ne se touche de plus près !
Quand la justice humaine abdique et fait silence,
Le juge souverain prend en main la balance
    Et précipite ses arrêts.

S'aggravant du remords, la peine inexorable,
Si haut qu'il ait monté, va saisir le coupable
    Et se mesure aux attentats.
Nous voyons, emportés comme sur une roue,
Au faîte s'élever pour tomber dans la boue,
    Tous ces illustres scélérats.

Aveugles instruments qu'un souffle de colère,
Mêlés avec l'écume ou le flot populaire,
Déchaîne ainsi que des fléaux,
Ils servent à punir les fautes et les crimes,
Puis Dieu fait, pour leur part des dépouilles opimes,
S'entre-détruire les bourreaux.

A leur perte souvent ils conspirent eux-mêmes :
Délirants ou pervers, sur les pouvoirs suprêmes,
Ils ont osé porter la main,
Et l'auguste édifice en tombant les écrase,
Par les débris fumants s'écroulant sur la base,
Ils sont broyés le lendemain.

Le doigt de Dieu poursuit jusqu'au bout son ouvrage,
Puis quand il semble avoir achevé le triage,
Irrévocable jugement!
Pour l'exemple à venir, sur l'airain de ses tables,
L'histoire, en inscrivant les noms des grands coupables,
Rend immortel le châtiment.

LES DETTES.

Le monde est indulgent, jeune homme, pour les dettes.
Ruiné par le jeu, les chevaux, les coquettes,
Qu'on emprunte, comblant par là le déficit,
Le mot couvre la chose ! un emprunt ! *sufficit.*
L'honneur est sauf, n'eût-on même rien dans la bourse,
Et, pour restituer, nul espoir de ressource.
On peut ainsi duper un honnête bailleur,
Prendre sa marchandise au bottier, au tailleur,
A tel pauvre artisan dérober son salaire ;
L'idiot préjugé l'excuse ou le tolère.
Celui qui fait cela n'est point déshonoré.
Le bien d'autrui pourtant me semble aussi sacré,
Qu'on soutire l'argent au moyen de la dette,
Ou bien qu'en larron vil on fouille la cassette.

Emprunter au hasard et doutant de payer,
Franchement, c'est un vol ; et si le créancier,
Prête par intérêt moins que par bienveillance,
Ce vol devient alors le vol de confiance.
L'honnête homme qui doit, voulant rendre à tout prix,
Ne craindra nul labeur ; au risque du mépris,
Pour s'acquitter, s'il faut, dans sa vertu stoïque,
Endossant la livrée, il se fait domestique.
Ces dures vérités, jeune homme, je les dis ;
Hautement, rudement, pour certains étourdis,
Pour tous ces emportés dont tu n'es pas, je pense,
Se jouant de la dette en leur folle dépense,
Et que plus d'un failli maudit dans son malheur !
L'emprunteur déloyal n'est qu'un lâche voleur !

ORAISON FUNÈBRE.

Ci-gît ... mais à quoi bon dire comme il se nomme,
Non, respect à la tombe! un parfait honnête homme,
Bon père, bon époux, bon citoyen. — Chrétien,
S'il le fut, l'épitaphe au reste n'en dit rien.
Mais je puis, par bonheur, pour qu'il vous édifie,
Du défunt vous donner une biographie.
Je l'ai connu beaucoup ainsi que sa moitié,
Sa veuve inconsolable et digne de pitié,
Qui, d'abord, à l'entendre aurait voulu le suivre,
Mais sage, se résigne et continue à vivre
En faisant son commerce et, l'air moins sérieux,
Plus rarement déjà doit s'essuyer les yeux.

L'époux, pendant trente ans, négociant modèle,
Vendit du calicot, des bas, de la flanelle.

Il se levait à cinq et déjeunait à neuf,
En lisant son journal, d'une tranche de bœuf.
A six heures, le soir, il se mettait à table,
Pour fêter le bouilli, son régal immuable,
Six jours au moins sur sept, assurait le commis,
Convive infortuné qui fut de mes amis.
Il payait ses billets, exact à l'échéance,
Et jamais un protêt ne surprit sa prudence.
Aussi, fort vénéré de messieurs les huissiers,
Et prompt à leur livrer d'abord les créanciers,
Il avait, comme on dit, le flair de la pratique,
Et le crédit chez lui fut un mot hérétique.
Infatigable, ardent, du matin jusqu'au soir,
Il courait essoufflé des rayons au comptoir,
Des aides nonchalants accusant la paresse ;
Ou trottait par la ville en homme qui se presse
Et craint d'arriver tard. Il donnait rarement,
Ou jamais, appelant le pauvre un fainéant.
Il prêtait quelquefois, mais sur bonne hypothèque,
Avec dus intérêts.

        Dans sa bibliothèque,
Point de livres sinon des livres de calcul
Ou de ceux que choisit l'esprit pesant et nul,
Deux ou trois almanachs et le parfait notaire,
Ayant pour oreiller un tome de Voltaire,
Et tout près Béranger. Le bonhomme d'ailleurs
Avait peu de commerce avec les rimailleurs.

Il ignorait les arts et croyait les poëtes,
Une espèce d'oiseau du genre des chouettes.
S'il semblait fort discret en fait de sentiment,
Dès que l'on parlait chiffre, il devenait charmant.
Pour sa pauvre âme, hélas! qu'on dise bien des messes!
Accroître son actif, et gagner des espèces,
Était pour lui le but de la vie, à ses yeux,
Le seul qui dût tenter un esprit sérieux.
Avec un talent rare, en marchand philosophe,
Il fraudait l'acheteur sur le prix de l'étoffe,
Ou sur la qualité. Le vol était un jeu
Pour lui que la croyance austère gênait peu.
D'ailleurs, fête et dimanche, il ouvrait la boutique,
Raillant, quoique un peu juif, le repos sabbatique.
Il vivait, en un mot, comme font tant de gens,
Auxquels Dieu donne une âme, êtres intelligents,
Et qui, vrais idiots, ou pareils à la bête,
S'en vont stupidement sans relever la tête,
Sans prière, sans foi, sans culte et sans autel,
Sans tourner un instant leur regard vers le ciel.
Tolérant à regret peut-être qu'on baptise,
Leur enfant nouveau-né, s'ils entrent à l'église,
C'est pour un mariage ou quelque enterrement;
Et chez eux, comme on vit, on meurt sans sacrement.

L'HOMME QUI SE TUE.

Encor le suicide ! implacable folie,
Et qu'en la racontant, le journal multiplie.
Par l'exemple séduit, tel dont la main tremblait,
Saute par la fenêtre ou prend le pistolet.
Plût au Ciel que l'on pût à la presse interdire
De propager ainsi ce criminel délire !
Criminel, car toujours, fureur ou lâcheté,
Cet acte monstrueux trahit la volonté.
Maîtresse de son choix, c'est librement qu'elle ose,
Ces excès si souvent puérils dans la cause.
Un ridicule amour dont bientôt on eût ri ;
La perte d'un peu d'or stupidement chéri ;
La triste vanité qui trop haut veut prétendre ;
Et se trouve déçue ; ou ne sait pas attendre,

Dans la satiété, l'ennui, tourment du sot,
Aiguisent le poignard, allument le réchaud.
Le médecin vulgaire, et qui doute ou qui nie,
Nous fait sonner en vain son mot : *Monomanie!*
Dans l'homme ne voyant qu'un rouage banal
Que du hasard dérange un caprice brutal.
Dites, la main jamais serait-elle forcée,
Si, bien loin de nourrir la coupable pensée,
On chassait, tout d'abord qu'il se laisse entrevoir,
Le fantôme sanglant, hôte du désespoir?

Effroyable attentat! s'attaquer à Dieu même;
Au grand juge bravé par un défi suprême;
Courir par la révolte et par l'impiété
Vers ce gouffre béant nommé l'Éternité!
Ce comble des forfaits; — hélas! irrémissible;
Faute du repentir; — semblerait impossible!...

UN GENTILHOMME A SA FENÊTRE.

Jean était dans la cour, monsieur à la fenêtre :
Jean robuste ouvrier, monsieur un petit maître.
Paveur de son état, brave homme et pas lambin,
Jean travaillait joyeux pour nourrir son bambin,
Ses bambins, s'il vous plaît ; car autour de la table
On n'en comptait pas moins de trois : c'est respectable !
Outre la ménagère et qui ne chômait pas,
Avec tous ces marmots, comme on dit, sur les bras.
Sobre, laborieux, sourd à la politique,
Et pour le cabaret fort mauvaise pratique,
Le courageux paveur ne plaignait pas son lot,
Mais quelquefois pourtant trouvait qu'il faisait chaud ;
Et ce jour-là surtout, le soleil sur sa tête
Avait dardé d'aplomb, un vrai soleil de fête ;

Fort gai pour les oisifs qui flânent tout l'été,
Mais non pour qui travaille et le sent reflété
Sur ses bras et son dos, par la muraille blanche.
Notre homme aussi souvent essuyait de la manche
Son front moite et brûlant où la sueur perlait,
Et, haletant parfois, comme un bœuf il soufflait.
Le maître, à son balcon, couché dans un Voltaire,
Nonchalamment fumait et le regardait faire.

— Tout de même, en ce monde, il est des gens heureux. —
Au paveur échappé, ce mot fut dit pour deux.
D'en haut on l'entendit. Le fumeur fait un signe;
Jean, laissant son outil, à monter se résigne,
Non sans épousseter d'abord ses escarpins.
L'air lourd, son grand chapeau de paille dans les mains,
Il entre en saluant. — Il paraît que tu causes,
En travaillant là-bas, tout en faisant des pauses,
Lui dit le grand seigneur. — Monsieur, il fait si chaud,
Qu'il faut bien prendre haleine! — Oh! tu n'es pas manchot,
Je t'ai vu travailler toute la matinée,
Et tu n'es pas de ceux qui volent leur journée!
Allons, chôme un instant et causons. — Le repos
Ce n'est pas de refus, mais gare à mes propos,
Monsieur, car je manie assez mal la parole;
Le pavé me va mieux; mes gars vont à l'école.
— Ainsi donc tu me crois, mon brave, bien heureux?
— Monsieur, bégayait Jean, étourdi, tout honteux,
Monsieur, je ne sais pas, mais on pourrait le croire.

— Plus que toi, j'en suis sûr, pourtant j'ai l'humeur noire;
Malgré l'argent, vois-tu, l'ennui ne manque pas,
Et peut-être mieux vaut la fortune des bras.

Jean ouvrait de grands yeux.— Monsieur, certes, plaisante,
Il ne changerait pas? —Oh! la vie amusante!
Des mets les plus exquis manger sans appétit,
Boire sans soif, dormir plus mal dans un bon lit;
Se divertir toujours, la pire des fatigues;
Gaspiller sa jeunesse en de folles intrigues,
De son ambition la dupe ou des amours,
Par des espoirs trompés empoisonner ses jours;
Ou bien de soucis vains se troubler la cervelle,
Et de sots embarras, misère, bagatelle:
Pour le contrat à faire ou le bail à passer,
Pour l'argent en retard ou l'argent à placer;
Pour un cheval fourbu, son meilleur, pour sa chatte
Ou son chien favori qui s'est cassé la patte;
Pour le frac élégant qui gêne quelque part;
Ou pour un domestique indocile et bavard
Qu'il faut garder pourtant, crainte d'un autre pire!
Pour... pour... que sais-je enfin?...

                    Jean paraissait sourire.
— Tout ça n'est pas grand'chose. Il le disait tout bas,
Il le pensait du moins, s'il ne le disait pas.
Et le monsieur reprit: —Oui, tu ne comprends guère;
Tu dis: tout cela qu'est-ce auprès de la misère?

                                        6*

Mon ami, vois-tu bien l'épine du rosier ?
Froisse-la dans tes mains, robuste terrassier :
C'est plaisir, mon gaillard, pas une égratignure ;
Moi, j'aurais pour huit jours à guérir la blessure.

Puis on a comme vous des chagrins plus réels ;
On perd ceux qu'on aimait, ou des amis cruels,
Sans motif, oublieux de la longue habitude,
Vous déchirent le cœur par leur ingratitude.
Peut-être on est malade, et les riches, hélas !
Ont de ces maux qu'ailleurs vous ne connaissez pas,
Maux de corps et d'esprit, la goutte, la gastrite,
Avec l'hypocondrie et mainte autre visite
Dont vous vous passez bien. Et puis trop de loisir
Pour penser à son mal et doublement souffrir.
Les passions encor, paresse, orgueil, envie,
Nous font, en l'abrégeant, un tourment de la vie.
Plus on a, bien souvent, plus on souhaite avoir.
Dirai-je enfin l'ennui qui pousse au désespoir,
L'insupportable ennui qui fait compter les heures,
Et rend les jours si longs dans nos belles demeures ;
L'ennui, ce ver rongeur. — Oh ! moi c'est pas mon mal ;
J'ai peu le temps de rire et ne vais guère au bal ;
Mais j'ai, grâce au bon Dieu, du cœur à la besogne,
Qui manque rarement quand on n'est point ivrogne
Ou paresseux. Je pars avec le chant du coq,
En embrassant la femme et les enfants en bloc ;
Le travail me distrait, sans compter qu'à l'ouvrage

L'espoir que c'est pour eux me donne du courage,
Si bien qu'à dire vrai, Monsieur, jusque aujourd'hui
Je ne sais ce que c'est que ce maudit ennui.
— Homme heureux, homme heureux ! Ah ! vivant dans la
Pour l'ombre, en imprudent, ne lâche pas la proie. [joie,
Moi, je pairais bien cher cette félicité
Qui met dans tes regards tant de sérénité !
— Dam, ça ne se vend point ! Pourtant, dans mon village,
Je connus un richard, peut-être de votre âge,
Lui ne se plaignait pas, digne homme et bon chrétien,
Pour les plus pauvres gens dépensant tout son bien.
L'air du bonheur toujours égayait sa figure.
J'ai retenu de lui ce mot par aventure :
« Le travail pour le pauvre est la félicité,
Et le bonheur du riche est dans la charité. »

LA MORGUE.

Sous le triste portail, combien de curieux !
Et tous en se pressant comme ils viennent joyeux !
Ce matin, ils couraient pour voir passer la noce...
La foule, cependant, préfère encor l'atroce,
S'étouffera pour voir tomber le couperet,
Et la morgue a pour elle un effroyable attrait.

Beau spectacle, en effet! c'est d'abord, quand on entre,
Un jour morne, éclairant la pièce comme un antre;
Il semble qu'à regret, tombant sur les carreaux,
Ce jour blafard se glisse à travers les barreaux.
Où donc ces chauds reflets de lumière dorée?
Puis une étrange odeur vous saisit à l'entrée,
Un air humide et lourd qu'on respire d'abord,

Parfum nauséabond de l'égout de la mort.
Nous jouons de bonheur, pas une dalle vide !
Et de ces morts de choix dont la foule est avide.
Ici, c'est un enfant dans la rue écrasé
Par quelque tombereau : le fémur est brisé,
Et sur le corps on voit la trace de la roue :
Des cheveux blonds, souillés par le sang et la boue,
Encadrent ses traits fins, crispés par la douleur,
Et sur lesquels la mort a jeté sa pâleur.
Ses humbles vêtements annoncent la misère,
Mais la misère honnête. Oh ! quel coup pour la mère,
Qui, peut-être, tranquille, attendant son trésor,
Rit avec la voisine et ne sait rien encor !

Auprès, c'est un vieillard tiré de la rivière,
Un livide noyé qu'apporta la civière,
Il n'est que peu d'instants. Horrible, horrible à voir !
Dans les traits convulsifs on lit le désespoir;
Et ce masque rigide, à la teinte verdâtre,
Garde l'expression comme un moule de plâtre ;
La bouche, en se fermant, par un suprême effort,
Trahit l'instinct vital en lutte avec la mort.
Sans doute, un suicide a fait la catastrophe,
Car ce bouquin trahit l'artisan philosophe ;
Le malheureux, peut-être, aura manqué de pain,
Et, par orgueil, n'a pas voulu tendre la main.
Oh ! s'il eût eu la Foi, qui fait qu'on se résigne,
Qui fait que, pauvre, on reste et courageux et digne,

Sûr de la récompense au delà du tombeau,
Il eût, jusqu'à la fin, su porter son fardeau.

Celui-ci quel est-il ? La face bourgeonnée,
Et qu'injecte un sang noir, affreuse, contournée,
Nous révèle assez l'homme, à défaut de son nom.
Chez le marchand du coin, il buvait, nous dit-on,
La veille au soir, déjà chancelant par l'ivresse,
Quand, suffoqué soudain par la liqueur traîtresse,
Puni de longs excès, il est tombé râlant
Et comme foudroyé sur le pavé sanglant.

Encore un suicide, et c'est un tout jeune homme...
Dormant là, pesamment, de ce terrible somme.
Qui le reconnaîtrait ainsi défiguré,
Avec le crâne ouvert et le front déchiré,
Où la balle a fait trou ? Ce spectacle me navre,
Et que d'empressement pour mieux voir le cadavre !
C'est à lui que d'abord courent les curieux,
Ravis de cet objet qu'ils dévorent des yeux.
On s'étouffe au grillage, et l'on dirait la joie
Et parfois les cris sourds de la bête de proie ;
Souvent un rire sombre et rarement des pleurs ;
Et puis, mille récits, les propos, les rumeurs.
— Tiens, c'est un aristo, murmure un homme en blouse,
Voyez les blanches mains. Bon, voilà mon épouse
Qui va se trouver mal, et pour ce freluquet.
— Allons ! laissez Monsieur emporter son paquet,

Crie un maudit gamin qui prend la place vide,
Puis se met à causer, et d'un air peu timide :
— Un *rupin* [1] tout de même, et nippé mieux que moi !
Pelure [2] de drap noir ! souliers vernis ! De quoi ?
Qui m'appelle ? tans pis, c'est bête, qu'on dérange
Toujours un apprenti, même pendant qu'il mange.
— Il ne s'est pas manqué, reprend un vieux bourgeois ;
On l'a trouvé, dit-on, ce matin dans le bois ;
Oh ! c'est quelque commis qui jouait à la baisse,
Et pour une lorette aura volé sa caisse.
— Non, car avec cet air on n'est pas un voleur,
C'est plutôt un pauvret qui prit l'amour à cœur.
— Bast ! un fils de famille, ennuyé de bien vivre !
— Auprès de lui, voyez, on ramassa ce livre.
— Quelque roman ? demande un homme sérieux,
Moraliste, qui vient méditer en ces lieux.
— Oui, monsieur, un roman, si ce n'était un drame ;
Non, c'était un roman de Monsieur ou Madame...
Un des bons, un fameux, un auteur bien connu,
L'on m'avait dit le nom que j'ai mal retenu.
Le gardien sait la chose. — O la peste exécrable !
Murmure le penseur, ô race détestable !
Dont l'art insidieux, pour tromper la raison,
De ces filtres mortels condense le poison.
— Pourtant, dit le bourgeois, j'ai lu plus d'une histoire,
Sans en perdre jamais le manger ni le boire.

[1] Un élégant.
[2] Redingote.

—Pauvre garçon, sitôt! a dit, l'œil larmoyant,
Certaine dame au bras d'un étourneau riant.
—Ah! bien, vous le plaignez, s'écrie une commère,
Coupable ou malheureux, n'avait-il pas sa mère?
Et, morne, le penseur quittant ce triste lieu:
S'il n'avait pas sa mère, il avait toujours Dieu!

A l'autre extrémité, la foule, aussi compacte,
Afflue; approchons-nous, voici le cinquième acte.
Pourquoi ces cous tendus et tous ces yeux béants?
—Mais, n'est-ce pas dommage? à peine dix-huit ans!
Dit-on de tous côtés; elle était si gentille!
Sur la dalle funèbre un corps de jeune fille,
Que pour la triste mort on semble avoir paré,
Repose, étendu là, morne et décoloré;
Tel dort un blanc chevreau, couché sur la verdure.
Et j'entends, à travers un douloureux murmure,
Les exclamations : — C'est la honte! — Ou la faim
Qui la poussait au fleuve. — Une bien triste fin.
De ces romans d'amour c'est la fin bien connue!
— Pourtant à la figure il semble une ingénue.
— L'air si doux et ces traits délicats et charmants!
— La mort est sans pitié! — Bien plutôt les amants!
— Enfants! méfiez-vous du serpent qui roucoule!
Mais, tout à coup, un cri retentit dans la foule,
Un cri d'horrible angoisse : — Ah! malheureuse enfant!
C'est elle! c'est bien elle!... Et là, comme étouffant,
Une femme se tient suspendue à la grille,

Toute à son désespoir : « O ma fille, ma fille !
Mais c'est ma faute aussi, j'aurais dû m'en douter.
Oh ! le monstre ! pourquoi, mon enfant, l'écouter ?
Il fallait tout me dire, et ton père eût fait grâce.
Mais ouvrez donc la grille, au moins que je l'embrasse,
Messieurs, je vous en prie ! » Un gardien accourait :
— Sortez, Messieurs, sortez ! Et la foule à regret
Obéit, et plus d'un, qui regarde derrière,
Se retire en grondant. Je soutenais la mère,
Et seul ainsi j'obtins de rester avec eux.
Oh ! ce fut déchirant ! Après ces cris affreux,
Le silence et les pleurs. Dès qu'on ouvrit la porte,
Se jetant sur le corps, elle étreignait la morte,
Avec de longs baisers étouffés de sanglots,
Et des gémissements, et parfois quelques mots,
Faisant explosion comme dans le délire :
— Oh ! cet homme ! cet homme ! Et ne pouvoir lui dire :
Assassin ! assassin ! C'est bien sa trahison
Qui l'a tuée enfin. Oh ! jeter le poison
De leur fatal amour au cœur de la victime,
Puis s'en aller après ! mais pourtant c'est un crime !
Non, la loi n'est pas juste et devrait mieux punir.
Mon Dieu ! mon Dieu ! mon Dieu ! — Madame, il faut partir,
Murmurait le gardien, en se penchant vers elle.
C'est terrible, Monsieur, la douleur maternelle.
Mais il faut en finir pour le procès-verbal.
Madame ! allons, voilà qu'elle se trouve mal.

En effet, immobile, et s'affaissant à terre,
Auprès de son enfant gisait la pauvre mère.
Sur l'ordre du gardien, qui voulait se hâter,
Presque comme un cadavre il fallut l'emporter.
— Vous viendrez au convoi, disait une voisine.
Mais la mère en mourra bien sûr, car sa Pauline !...
Sa chère enfant ! Hélas ! Monsieur, les jeunes gens
Devraient avoir pitié de nous autres parents.

Je sortis, et toujours même foule à l'entrée,
On eût dit une meute attendant la curée.
Morne et pensif, alors, je m'éloigne à pas lents.
Mais longtemps sous les yeux j'eus ces tableaux sanglants,
Et, toujours poursuivi par quelque image affreuse,
Je respirais partout l'odeur cadavéreuse ;
Je revoyais ces corps livides, presque nus,
Qui font se détourner des regards ingénus,
Mais qui ne choquent pas la pudeur de ces femmes,
En foule accourant là comme elles vont aux drames.
Devant ce triste lieu, quant à moi désormais,
Je passerais vingt ans, sans y rentrer jamais.

LES MARCHANDS.

Les autres, dans leurs boutiques,
débitent plus de mensonges que de
marchandises.

(BOSSUET.)

UN INTÉRIEUR DE RESTAURANT.
Le père et le fils assis ; voisins autour des autres tables.

LE PÈRE.

Fils, est-il un état plus beau que le commerce?

LE FILS.

Oui, pour qui, comme vous, ô cher père! l'exerce;
Le commerce est alors le fleuve dont les eaux
Vont féconder le sol par leurs mille canaux;
Dans un état prospère il est comme la sève
Qui par tous les rameaux vivifiés s'élève.
Honneur donc au marchand, assez rare aujourd'hui,
Qui ne s'enrichit pas en rançonnant autrui.
Fier de sa probité, voisine du scrupule,
Sur la fraude ou le dol jamais il ne spécule;

Il craint la pauvreté bien moins que le mépris,
Restant pauvre, s'il faut être riche à ce prix,
Et met vingt à trente ans, à compter de la noce,
Pour gagner sou par sou, dans un obscur négoce,
La dot de ses enfants, le pain de ses vieux jours.

LE PÈRE.

C'est prudent. La fortune a parfois des retours;
Il faut bien s'assurer, prévoyant la détresse,
Jeune, quand on le peut, le pain de la vieillesse,
Honnêtement d'ailleurs, loyal pour le client,
Et n'abuser jamais l'acheteur confiant,
En sachant se borner au sage bénéfice.
Que toujours l'intérêt passe après la justice!
Voilà le commerçant tel qu'on le voit chez nous.

LE FILS.

Et tel assurément qu'ils devraient être tous.
Mais, hélas! trop ici, trop dans l'oblique route,
Vont au but par le dol ou par la banqueroute!
Leur conscience, ainsi qu'un souple caoutchouc,
Se replie ou s'allonge, et, pour duper le bouc,
Maître renard n'eut pas la langue plus dorée,
Et n'a pas attesté plus haut la foi jurée.
Plus d'un marchand, mon père, avec son air mielleux,
Est dans l'âme un corsaire, un pirate.

LE PÈRE.

Encor mieux.

Allons, je vois, mon fils, qu'au besoin tu sais rire,
Mais, pourtant, mon ami, calomnier, médire,
C'est mal.

LE FILS.

Ah! vous croyez, père, que j'en dis trop.
Eh bien! donc, écoutez, tout en mangeant le rôt,
Et buvant ce Mâcon, qui vaut le meilleur cidre,
Ce qu'on dit à côté.

PREMIER VOISIN.

Le commerce c'est l'hydre
Dont la tête et le corps fourmillent de serpents;
Comme dit le poëte : oh! que de chenapans
Experts à déguiser et leur voix et leur mine!
Mais comment dépister une telle vermine?
Il faudrait un Hercule et ses robustes bras,
Et le fameux balai qui servit Augias.
Je donne de bon cœur toute la clique au diable.

DEUXIÈME VOISIN.

Assez de romantique et qu'on soit sage à table.
C'est vrai chez nos marchands qu'il est quelques filous,
Moins que chez les auteurs, au reste, de jaloux.
Pour m'égayer, parfois, vous savez, je voyage,
Et, nomade, j'ai vu plus d'un lointain rivage.
Or partout, semble-t-il, grâce à certains marauds,
A des industriels ou même à des escrocs,
Faisant la pacotille, on craint le produit louche.

7

Qui vient, dit-on crûment, du pays de Cartouche.
Si notre pavillon flotte encore honoré
Sur les mats du navire aux combats préparé ;
Si l'étranger, de loin, le faible qui l'implore,
Salue avec bonheur la flamme tricolore ;
Le commerce français, dont les produits menteurs
Ont déçu, tant de fois, d'imprudents acheteurs,
Est en tous lieux honni, redoutant qu'on le chasse,
Sur les marchés il reste à la dernière place.
Ah ! j'ai droit de pester contre les trafiquants
Qui nous ont fait ce tort.

TROISIÈME VOISIN.

Ce sont là les cancans
De ces sournois d'Anglais, aidant à l'imposture
Pour mieux nous ruiner.

DEUXIÈME VOISIN.

Non, la vérité pure,
Pour quelques-uns du moins, la triste vérité,
Mais dont contre les bons on aura profité.

QUATRIÈME VOISIN.

Hé, sans aller si loin, sans besoin d'un pilote,
Messieurs, on peut ici voir de la camelotte.
Brocanter à vil prix un produit frauduleux
Et le vendre à faux poids, chez nous ce sont des jeux.
Le beurre est de la craie, on prend pour du laitage

De l'eau mixtionnée à maint autre breuvage ;
Et le vin se fabrique, au dire d'un cousin,
Avec de certains bois et presque sans raisin,
Amalgame perfide à la couleur étrange !
Surtout on fait du vin, par un adroit mélange,
Avec des crûs venus de tous les coins du sol ;
Et pour de durs palais saturés d'alcool.
Chez d'autres c'est bien pis : la litharge homicide
Ote à l'aigre boisson la saveur trop acide.
Au chocolat on mêle un affreux résidu
De graisse ou de vieux suif habilement fondu ;
Et, malgré la farine, au moyen de ce leurre
Du cacao qui manque on simule le beurre.
Au sel on joint du sable, et, funeste aliment!
Le vitriol déteint sur la fleur de froment.
Le plâtre enfle le pain. Dans une autre caverne,
Avec les cailloux blancs et l'albâtre on alterne.
On fait la confiture avec le potiron
En guise d'abricot : mais qui sait, ô Caron,
Les innombrables morts qui passent dans ta barque,
Dont tu coupes le fil, ô vénérable Parque,
Grâce à tous ces ragoûts qu'expert en son métier,
Élabore à huis clos le sournois regrattier,
Grâce à ces condiments par lesquels on déguise ;
Chez les Mignots du temps, l'infecte marchandise!
Les affreux gargotiers que ces restaurateurs !
Il n'est pires coquins, après certains auteurs,
Pour réchauffer, parer au fond de leur office ;

Les mets vieux et rancis que sauve l'artifice.
Méfiez-vous, Hébé, d'un art insidieux
Qui doit falsifier jusqu'au nectar des Dieux.

DEUXIÈME VOISIN.

Mon cher, vous oubliez que nous sommes à table,
Chez le restaurateur.

QUATRIÈME VOISIN.

C'est un fait regrettable,
Et je n'en doute point.

LE PÈRE, à son fils.

O sainte probité !
Ce qu'ils disent, mon fils, est-ce la vérité?

LE FILS.

Nous avons pour garants Messieurs de la chimie,
Gens experts, comme on sait, et de l'Académie.
On peut croire...

QUATRIÈME VOISIN.

Aussi bien, je n'en finirais pas ;
Et jusqu'à demain soir durerait le repas ;
Si je détaillais tout.

TROISIÈME VOISIN.

C'est un fier catalogue ;
Car bien d'autres encor spéculent sur la drogue.
Le vieux passe pour neuf. On vend comme édredon

La plume du canard, de l'oie ou du dindon.
Dans les tissus divers on mélange la laine ;
Pour les toiles de lin je doute qu'on se gêne.
L'apprêt donne le corps et la force au coton ;
Bref, nous rendons des points aux Chinois de Canton.
A qui la faute aussi ? Le public bénévole,
Content du bon marché, s'applaudit qu'on le vole ;
Et pour lui la machine, infatigable agent,
Multiplie un produit qui ne vaut pas l'argent.
Autre plaie à mon gré. Si l'on fait des fortunes,
Dans notre capitale en débitant des prunes,
On use de moyens encor moins innocents.
Ces vastes magasins, Babels de commerçants,
Pour tenter l'acheteur ou ladre ou pauvre hère
Que bientôt on paira, rognent sur le salaire.
La main-d'œuvre est pour rien ; son aiguille à la main,
Travaillant jour et nuit l'ouvrier meurt de faim.
Stupide bon marché que vante l'ignorance !
Fruit amer que produit l'aveugle concurrence ;
Comme celui d'Eden, beau mais trompeur à l'œil,
Cause pour l'artisan de ruine et de deuil !
Sans compter que parfois le marchand qui s'expose,
S'il ne perd pas toujours, gagnera peu de chose.
D'énormes capitaux quels chétifs intérêts !
Mais c'est l'esprit du siècle, et vive le progrès !

PREMIER VOISIN.

Tu dis le mal, fort bien ! mais, mon cher, le remède ?

TROISIÈME VOISIN.

Trouve, et tu deviendras plus fameux qu'Archimède,

PREMIER VOISIN,

Vraiment, il ne faudrait qu'un peu d'honnêteté !

LE PÈRE, *sotto voce*.

Moi, j'aurais dit plutôt : un peu de charité !

TROISIÈME VOISIN.

Oui de l'honnêteté ! mais dans ce sol avare,
Autant que le genseng[1], la plante devient rare,
Tâchez qu'elle repousse,

PREMIER VOISIN.

Oh ! quel législateur,
Déblayant ce chaos, avec sage lenteur,
Règlera mieux les gains modérés et licites
Et rendra l'industrie à de sages limites !
Peut-être est-ce un malheur que jadis ce torrent
Ait débordé sans digue, impétueux courant !
De nos aïeux les sots acusent les sottises;
Leurs corporations, jurandes et maîtrises,
Pourtant avaient du bon.

DEUXIÈME VOISIN.

Mon cher, les petits pois,

---

[1] Plante que les Chinois recherchent, dit-on, comme la panacée universelle,

Surtout dans la primeur, sont le plat de mon choix.
Honneur à ce Bordeaux et foin de l'hérétique
Qui croit nous régaler avec la politique!

TROISIÈME VOISIN.

Bene!

QUATRIÈME VOISIN.

Job, mon ami, pour troubler le festin,
Il ne vous manquait plus que de parler latin,
Asinus asinum.

DEUXIÈME VOISIN.

Un toast à la patrie
Messieurs.

LE PÈRE.

Je fais chorus.

TROISIÈME VOISIN.

Un autre à l'industrie.

QUATRIÈME VOISIN.

Voici le mien, Messieurs : A la vieille gaîté!

PREMIER VOISIN.

A celle qu'on nommait l'antique probité!

DEUXIÈME VOISIN.

Messieurs, respect aux morts! sanglante est l'ironie!

TROISIÈME VOISIN.

La dame n'est pas morte et n'est qu'à l'agonie.

LE PÈRE.

Étranges jeunes gens ! aimable est leur esprit !
Mais de tout sans façon un peu trop il se rit.
Quels étourneaux !

LE FILS.

                    Chez eux ce genre est à la mode,
Ils se vengent ainsi de l'étude du Code.

LE PÈRE.

Or moi, j'aime, vois-tu, moi, dans mon gros bon sens,
Les discours tout unis, et les mets innocents.
J'ai de Paris déjà par-dessus les oreilles ;
Je retourne là-bas revoir mes belles treilles,
Et ce cher coin de terre oublié des mortels,
Où la probité sainte a de nombreux autels.

LE JOURNALISTE.

Du loyal journaliste admirable est le rôle
Quand il n'abuse pas de son droit de contrôle.
De la religion les grossiers détracteurs,
Ainsi que les sournois, élégants insulteurs,
Dont le prudent blasphème a l'air d'une caresse ;
Les bandits du journal, opprobre de la presse,
Pour qui rien n'est sacré, qui sapent à la fois
Tout ordre et tout pouvoir, les mœurs avec les lois ;
Les faiseurs de roman ou de drame et d'histoire,
Diffamant à l'envi les vertus et la gloire ;
Les impurs charlatans, sataniques esprits,
Qui dépravent les cœurs, dont les fangeux écrits,
Ainsi qu'un lent poison circulant dans la veine,
Dans le corps social infiltrent la gangrène ;

Tout misérable enfin de son antre arraché,
Tout ennemi public, ou visible ou caché,
Dans le vrai journaliste, à qui tous rendent compte,
Craint un vengeur qui fait justice bonne et prompte;
De leur cuirasse à tous il connaît le défaut.
Sa parole soudaine, et qui tombe de haut,
Les frappe comme un glaive, ou, pareille à la foudre,
Réduit en l'effleurant leur piédestal en poudre.
Mais sa colère, sainte en ses plus fiers accès,
Regrettant de punir, se garde de l'excès;
Sans descendre à l'outrage, encor qu'inexorable,
Sait frapper comme un juge en plaignant le coupable.
Rarement son arrêt, par l'équité rendu,
En tombant sur la faute atteint l'individu,
Et sa charité même incline à la clémence
La justice qui tient froidement la balance.

Si le méchant toujours doit trembler devant lui,
Le faible, l'innocent est sûr de son appui.
L'opprimé peut compter sur sa noble tutelle :
Dès qu'une cause est juste, elle exalte son zèle,
Elle est sienne, et jamais, lui refusant son bras,
Il n'hésite devant les plus rudes combats.
Sans courtiser les grands ou l'orgueil populaire,
Il instruit, il console, il conseille, il éclaire;
Avec prudence à tous il dit la vérité,
Et prompt à publier l'éloge mérité,
Il pèse mûrement la parole de blâme

Et ne va point jeter de l'huile sur la flamme.
Si, devant la révolte, il ne transige pas,
Et craindrait d'ébranler la base des États,
Ce respect d'un pouvoir, régulier, ferme et sage,
Qui tient le gouvernail au milieu de l'orage,
Jamais d'ailleurs, faisant de sa croyance un jeu,
Pour le culte de l'homme il ne trahira Dieu.

Voilà le journaliste au moins tel qu'il doit être,
Tel qu'il en est plusieurs, j'aime à le reconnaître,
Hommes de dévouement sous des drapeaux divers,
Et dont je tais les noms à regret dans mes vers.
Mais ceux-là ne sont pas peut-être le grand nombre,
Combien d'autres qui font, au grand jour ou dans l'ombre,
Un lâche et vil métier, en minant le terrain,
Ou, rongeant leur bâillon, écument sous le frein.
Je n'irai pas frapper des ennemis à terre :
Paix aux morts, et sur eux c'est devoir de se taire.
Mais il en est plus d'un qui, vivant et debout,
Guette l'heure propice et sait frapper son coup.
Une lame effilée est-elle moins perfide?
Le poison moins mortel versé par une Armide?
Je préfère un coquin, diffamateur brutal,
Au sournois embusqué dans un coin de journal
Qui distille avec art, de sa bouche flétrie,
Le venin emmiellé de la phrase fleurie.
Contre la vieille église, éternel monument,
La guerre se poursuit plus ou moins sourdement,

Chose étrange ! et je vois mêlé dans la croisade,
Tel qui tonne bien haut contre la barricade,
Du bon droit l'allié dangereux et suspect,
S'il ne respecte pas l'école du respect.

Plus calme est aujourd'hui le champ clos politique ;
Or sur le terrain neutre où libre est la critique
La voyons-nous toujours sage, avec gravité,
Formuler ses arrêts qu'applaudit l'équité ?
Hélas ! non, trop fréquent encore est le scandale !
Mais l'homme généreux, d'âme franche et loyale,
Près de qui le mérite est toujours bien venu,
Qui fête avec bonheur un talent inconnu,
Et, prompt à l'accueillir, n'est point d'éloge avare,
On le rencontre aussi, noble cœur, esprit rare.
Gloire à vous, bon censeur, qui, frayant le chemin,
Au talent qui s'ignore allez tendre la main,
Cette main que voudrait pouvoir serrer la mienne !
Gloire à la probité scrupuleuse et chrétienne !
Honte et mépris à ceux qui, juges sans pudeur,
S'abaissent au métier du honteux revendeur,
Trafiquant des arrêts dictés par l'avarice.
Je sais blâmer le fat qui, souvent par caprice,
Nous vante effrontément, esprit faux ou pervers,
Une croûte banale ou de malheureux vers ;
Qui, l'instrument jaloux de quelque coterie,
Ou bien pour égayer, Pasquin, la galerie,
Immole la justice au plaisir d'un bon mot ;

Coupable est celui-là ! je le dirai bien haut,
Mais combien est plus vil, indigne, misérable,
Tel autre qu'on verra de la plume exécrable
Faire un stylet aigu trempé dans le poison ;
Ou bien, pour extorquer peut-être une rançon,
Effroi de l'écrivain, du peintre, des coulisses,
Vers les récalcitrants, sûrs d'atroces malices,
Braquer son escopette et dans le traquenard,
Forcer à trébucher tout rebelle ou traînard.
Mais quoi ! si le public était moins Allobroge,
Que ferait d'un Zoïle ou le blâme ou l'éloge ?
Ah ! l'on s'honorerait d'être par lui blâmé,
Et par son seul éloge on serait diffamé.

MA LIBERTÉ.

J'aime la liberté, mais la liberté sage,
Non celle que l'on voit passer dans un orage,
Qui, dans ses jeux cruels, par l'ivresse inventés,
La chevelure au vent, les regards effrontés,
Se plaît à remuer les pavés et les bornes
Et rit de rencontrer partout des faces mornes.
Ma liberté n'est point la Ménade aux pieds nus,
Qui bondit en hurlant des refrains trop connus,
A travers les cités promène les scandales,
Parlant impudemment le langage des halles;
Qui dans les carrefours prend pour ses orateurs,
Les balayeurs de rue ou bien les crocheteurs,
Et dans de vils journaux diffame le plus digne,
Par les honteuses mains d'insulteurs à la ligne.

Ma liberté n'a pas de ces airs impudents,
Ne montre pas le poing, ne grince pas les dents ;
J'appelle ce démon hardiment la licence.
Ma liberté sereine est sœur de l'innocence,
Fille de la vertu, riant à la pudeur,
De son front rougissant nous montre la splendeur,
Et, naïve, elle plaît sans chercher à nous plaire.
Sa bouche aux accents purs craint l'argot populaire
Et semble, caressant des mots harmonieux,
Moins parler que chanter dans la langue des Dieux.
Elle ne permet pas que, bravant tout contrôle,
Le méchant à son gré profane la parole,
Et, couvert par les lois, puisse jeter aux vents,
Dans ses feuillets impurs des germes dissolvants.
Elle arrête du mal la licence funeste,
Ainsi qu'au lazaret on enferme la peste,
D'un pouvoir juste et fort, réglé par l'équité,
Bénissant la prudente et douce autorité.
Elle applaudit au bien, et, sans aigre satire,
Blâmant avec respect, aura peur de tout dire.
D'autres qu'elle feront de l'injure un trafic,
Et, loin de dénoncer, comme ennemi public,
L'homme investi par Dieu du saint droit de tutelle,
Elle éclaire sa marche et conseille son zèle,
Sûre que le pouvoir exige un contre-poids,
Comme la liberté veut un frein dans les lois.
Aussi ma liberté, féconde et catholique,
Vit sous la monarchie et sous la république,

Et triomphe, paisible, aux lieux les plus divers,
L'auguste liberté que j'exalte en mes vers
N'est point la virago dont l'insolent blasphème
De tout homme d'honneur provoque l'anathème;
Celle-ci, dont le soufle est trop souvent mortel,
Démon, sort de l'enfer, et l'autre vient du ciel.

LA GRAINE DE COMÉDIEN.

Comment donc! les enfants ont aussi leur théâtre,
Où , dès quinze ans, la mère , ou plutôt la marâtre,
Peut vouer une fille à ce métier fatal
Qui presque forcément la précipite au mal.
Dans la contagion d'un pareil entourage,
Quelle ferme vertu ne ferait pas naufrage !
Et le merle qu'on sait brille moins rarement
Qu'une actrice pudique et qui n'a pas d'amant.
Mais le corps fût-il chaste, ah ! de poison nourrie
Dans cet air corrupteur l'âme serait flétrie.
Faut-il pas tout entendre, hélas! et répéter
Tout ce qu'un vil auteur vous fait dire ou chanter.
Complice de Satan , mère impie ou stupide,
Celle qui ne craint pas pour sa fille candide,

Et qui va l'exposer, jeune, à tous les hasards
Des écoles du vice encor plus que des arts ;
Mères, vous répondrez devant Dieu des victimes !
Et peut-on sans frémir penser aux mœurs intimes
De ces petits acteurs, se dépravant entre eux,
Grâce à la liberté d'un art si dangereux ?
Dirai-je pour leur cœur la torture précoce
De cette vanité folle, implacable, atroce,
Qui chez le comédien, affamé de bravos,
Passe comme un virus dans le sang et les os !

Sans doute, et j'ai béni naguère la défense,
De ces tréteaux du moins on écarte l'enfance,
On ne tolère plus qu'un sordide complot
Fasse encor grimacer la pudeur au maillot ;
Qu'à ce métier maudit un corps frêle se tue ;
Et que, pire malheur, l'âme se prostitue
Avant de se connaître, et, dans un tel milieu,
Apprenne l'infamie avant le nom de Dieu ;
Mais c'est trop, trop encor d'y voir l'adolescence,
Prompte à s'étioler dans sa fleur d'innocence,
Et, dressés à huis clos des Talmas de quinze ans,
S'étaler en spectacle à ces autres enfants,
Qui, dans une atmosphère étouffante et malsaine,
Viennent pour prendre goût à ces jeux de la scène.
Il faut récompenser l'écolier studieux,
Dit-on ; parents naïfs, maîtres ingénieux !
Mais quelque jour peut-être, ô père débonnaire,

Sur les planches traînant un nom que l'on vénère,
Désolant sa famille et votre cœur chrétien,
Cet enfant, votre orgueil, se fera comédien,
Comédien, un métier entre tous déplorable.

Plus d'un acteur sans doute est un homme honorable,
Bienveillant et loyal, sincère, généreux,
Même pressé d'ouvrir sa bourse aux malheureux !
Mais quel état pourtant! Passer sa vie à feindre,
A masquer son visage et son âme, à nous peindre
Des sentiments divers que l'on n'éprouve pas !
En jouant la douleur, lever au ciel les bras,
Afin qu'un bon public tout larmoyant vous plaigne;
Pleurer quand on est gai, rire quand le cœur saigne,
Quand on a mis, la veille, une fille au tombeau,
Ou que la pauvre enfant râle dans son berceau;
Triste plaisant, bouffon doublement misérable,
Torturé par l'angoisse, ô supplice effroyable !
La mort dans l'âme, hélas! des larmes dans les yeux,
Servir d'amusement à ce peuple joyeux,
Et, forçant son visage à la gaîté brutale,
Le cœur navré, vingt fois faire éclater la salle;
Employer de longs jours et des nuits à rêver
Un geste extravagant que nul n'ait pu trouver,
Une grimace neuve ou certaine posture
Qui, dégradant le corps, le met à la torture;
Et faire ce métier quarante à soixante ans,
Souvent déjà vieillard, avec des cheveux blancs;

Oh! c'est vraiment pitié ! sans honte et sans tristesse,
Je ne puis voir, chrétien, cet excès de bassesse,
Le public, grand enfant, curieux de joujoux,
Prendre ainsi pour pantin un homme comme nous.
Et je ne parle pas des autres pasquinades,
De tel passant sa vie à faire des gambades.
Plus absurde est, je crois, encor que le farceur,
Plus sot, l'être inouï qu'on appelle un danseur!

Qui, si la fiction, toujours brillante et pure,
Par ses plus beaux côtés nous montrait la nature;
Si l'acteur, dans son rôle ou tragique ou charmant,
Était toujours l'écho d'un noble sentiment,
On pourrait l'applaudir, et sa tâche anoblie
Même l'élèverait; mais la scène avilie,
Et par lui bien souvent, par ses corruptions,
Nous rend vil l'instrument qui sert aux fictions.
Honneur à cet instinct qui, l'écrasant du blâme,
Repousse le contact de l'histrion infâme !
S'il s'obstine par choix dans un art criminel,
Quand pèse sur son front l'interdit solennel,
De quel droit se plaint-il, lui qui, tendant la joue
A nos affronts, se traîne à plaisir dans la boue?
Lui qui, profanateur de sentiments divins,
Ne sert qu'à fomenter d'exécrables levains?
Ce n'est point préjugé, mais haute intelligence,
Si ce métier pour l'homme est une déchéance;
Si la répulsion le maintient à l'écart,

Comme un pestiféré lui fait sa place à part.
Prenant pour tolérance une lâche faiblesse,
Du passé notre siècle accuse la rudesse;
Tous les jours, pour l'acteur on est plus indulgent;
Prompt à lui prodiguer l'estime avec l'argent;
Mais le sage penseur, méditant la défense,
D'une raison plus sûre admire la prudence,
Et, du siècle raillant l'orgueil présomptueux,
Devant elle il s'incline humble et respectueux.
Il n'admire pas moins l'instinct qui persévère
Dans la foule, constante en son blâme sévère,
Au point qu'un noble cœur avec un beau talent
Ne suffit pas toujours à l'acteur excellent.
Enseignement profond! de cette ignominie
A peine on est absous à force de génie.
Pour remonter au rang d'homme et de citoyen,
Il faut être Talma, mort, hélas! non chrétien.

UNE BONNE FAMILLE.

Ecce sic benedicetur homo qui
timet Dominum.

(Ps. cxxvii.)

SCÈNE PREMIÈRE.

Mme Bonnefonds, Anna sa fille.

Mme BONNEFONDS.

D'où viens-tu, mon enfant?

ANNA.

Du sixième ; ma mère,
Leur porter un bouillon et du vin.

Mme BONNEFONDS.

Ce n'est guère ;
Les pauvres gens ; dit-on, ils ne sont pas heureux,
Bien qu'honnêtes, d'ailleurs, rangés, laborieux ;

ANNA.

Oh! sûrement, ma mère, un ménage-modèle;
Jean est un travailleur, s'il en fut, et pour elle,
Ce n'est pas de bon cœur qu'elle croise les bras.
Aussi se voir au lit, juge quel embarras
Avec ses trois marmots! Du reste, on la rassure,
Ce malaise paraît seulement courbature,
Son terme étant si proche... Avant deux à trois jours...

Mᵐᵉ BONNEFONDS.

Peut-être il eût fallu joindre quelques secours
A tes petits présents; tu sais que je dispose
Sur le budget du mois encor de quelque chose;
Et tu pouvais.....

ANNA, rougissant.

C'est fait, j'ai pris sur mon argent;
Pour l'instant assez riche et sans besoin urgent.
Et puis je dois compter un peu sur mon aiguille.

Mᵐᵉ BONNEFONDS, attendrie.

Oui, t'oubliant toujours, c'est bien! mais; chère fille,
Ta robe pour l'hiver?

ANNA.

Je ferai les façons.
Je profite, après tout, mère, de tes leçons.
Puis on me doit encor quelques écus.

Mme BONNEFONDS.

Ton frère?

ANNA.

Peut-être bien, maman.

Mme BONNEFONDS.

Avec moi du mystère.
J'ai lu dans vos regards, hier, au coin du feu.
Ton frère, mon enfant, nous inquiète un peu.

ANNA.

Lui, chère mère, hé quoi! pour nous seuls il respire.

Mme BONNEFONDS.

Mais il sort maintenant parfois sans nous rien dire,
Comme s'il avait peur qu'on épiât ses pas;
Puis il est moins exact à l'heure des repas,
Et le père s'en plaint.

ANNA.

Oh! dam, c'est un jeune homme;
Pour être à la minute...

Mme BONNEFONDS.

Il n'est pas économe.

ANNA.

Je l'aime généreux, avec ce cœur de roi.

Mme BONNEFONDS.

Oui, mais de son argent sait-on toujours l'emploi?
On dirait qu'il se cache, et tout ce qu'on lui donne
Pour ses menus plaisirs...

ANNA.

Bien sûr passe en aumône.
Tu vois qu'il est fidèle aux devoirs du chrétien,
Sans doute son plaisir est de faire le bien.

Mme BONNEFONDS.

Oh! tu me rends heureuse, il m'est si doux de croire...
Mais je le vois distrait?

ANNA.

C'est leur maudit grimoire
De l'École de Droit qui le rend sérieux.
Après ses examens tu le verras joyeux,
Rieur comme autrefois dans le temps des vacances.

Mme BONNEFONDS.

Sois prudente pourtant à faire des avances;

ANNA.

Oui, mère.

Mme BONNEFONDS.

Car il est sur le versant fatal;
Et tant de jeunes gens aujourd'hui tournent mal.

7*

On en voit tant, hélas ! de si belle apparence
Qui de leur pauvre mère ont trompé l'espérance.
Oh ! cela fait trembler ! de petits Salomons
Naguère et tout à coup devenus des démons.

ANNA.

Va, mère, rarement, quand ils ont, dès l'enfance,
Comme nous, autour d'eux une sainte défense,
Et d'aussi bons parents, des parents tels que vous
Pour leur donner l'exemple... avec force joujoux ;
En leur parlant de Dieu, tout d'abord leur apprendre
Qu'on lui doit ce doux père et la mère si tendre.

Mme BONNEFONDS, l'embrassant.

Tu voulais un baiser. (Regardant la pendule.) Comment ! déjà le
Vois, encore aujourd'hui ton frère est en retard.   [quart ?

ANNA.

Mais...

Mme BONNEFONDS.

Chut ! ton père.

SCÈNE II.

Les mêmes, M. Bonnefonds (il embrasse sa femme et sa fille).

Mme BONNEFONDS.

Ami, va changer de toilette.

M. BONNEFONDS.

Mais laisse-moi d'abord regarder mon Annette,
Et respirer, tant pis.

Mme BONNEFONDS.

Ton feutre est tout mouillé.

M. BONNEFONDS.

Une ondée, en passant, qui m'a débarbouillé.
Tu nous feras bon feu.

Mme BONNEFONDS.

Mais change de costume,
De grâce, mon ami, c'est si perfide, un rhume.

ANNA.

Allons, père, sois sage, afin quelque autre jour,
Que la mère ou la fille obéisse à son tour.

M. BONNEFONDS.

Tel eût parlé Solon, qui n'était pas un âne.
Pardon du calembourg. Au fait, pour la tisane
J'ai peu de goût, fût-elle avec ton bon sirop.

ANNA.

Cher père, vous causez.

M. BONNEFONDS.

Oui, je cause un peu trop,
Mais au bureau l'on jeûne. Ah ! ma robe de chambre !
Mes pantoufles, merci ! vilain mois de novembre,
Brrr... c'est pis qu'en janvier. Anna, tu n'y vois pas
Pour travailler encor.

ANNA.

Je tricote des bas.

M. BONNEFONDS.

Et ce matin debout avant tous, la première,
Déjà tu travaillais, petite, à la lumière.

ANNA.

Cela presse, vois-tu, layette de marmot.

M. BONNEFONDS.

Quelque bonne action.

ANNA.

Pour la femme d'en haut,
De braves gens, tu sais.

M. BONNEFONDS.

Pourtant qu'on se ménage,
Des besicles, crois-moi, vont fort mal à ton âge.

Ah çà ! mais le dîner? J'ai vu le couvert mis.
Pourquoi donc ce retard? qu'on appelle mon fils.

ANNA.

C'est qu'il n'est pas rentré.

M. BONNEFONDS , sérieux.

Prend-il cette habitude ?

ANNA , vivement.

Père, il faut un motif; tout entier à l'étude,
Il s'oublie aisément. Et puis...

M. BONNEFONDS.

Voilà deux jours

Qu'il manque; et ce n'est point, bien sûr, l'heure du cours.
J'aime qu'on soit exact. C'est vrai que j'exagère
Peut-être quelquefois; mais, vois-tu, ménagère,
Si trop de minutie est un faible assez sot,
Va, l'inexactitude est un pire défaut,
Tout proche du désordre... et, faute d'une règle,
Combien de temps l'on perd; quelquefois, mon espiègle.

ANNA.

Père, comme à la chambre, il faut dire : Très-bien !
Car vous avez raison.

M. BONNEFONDS.

Ah! le collégien

Arrivant essoufflé, tout trempé par la pluie.
Qu'il change de chaussure et que vite on l'essuie.

SCÈNE III.

Les mêmes, Paul.

Paul embrasse sa mère.

M. BONNEFONDS.

Bon, quand tu reviendras, car le dîner attend,
Vois l'heure.

PAUL.

Excusez-moi.

M. BONNEFONDS.

Va, tu n'as qu'un instant,
Nous causerons à table.   (Paul sort.)

ANNA à son père.

Oh! ne sois pas sévère,
Cher papa.

Mme BONNEFONDS.

Laisse, enfant, tu connais bien ton père.

M. BONNEFONDS.

Sois tranquille, je sais parler sans me fâcher,
Car à cet âge il faut craindre d'effaroucher.

SCÈNE IV.

La salle à manger. — Toute la famille debout.

M. BONNEFONDS , faisant le signe de la croix.

Le *Benedicite* d'abord selon l'usage
Que l'on néglige trop, puis honneur au potage, (Tous s'asseyent.)
Et ne nous brûlons pas, pour beaucoup de raisons.
Rose, il est excellent. Et maintenant causons,
Mon cher Paul, aujourd'hui tu t'es fait bien attendre,
Est-ce à cause du temps?

PAUL.

Père, pour me défendre
Je n'ai pas ce motif.

M. BONNEFONDS.

J'aime que l'on soit franc ;
A la bonne heure ; mais, quand il pleut à torrent,
Où pouvais-tu courir?

PAUL.

Des visites à faire,
Pressantes.

M. BONNEFONDS.

A ce point?

ANNA.

Quelque bonne œuvre, frère?

PAUL rougissant.

Père, dispensez-moi,

ANNA.

Bien sûr, j'ai deviné.

M. BONNEFONDS.

Je t'estime, mon fils, et te crois trop bien né
Pour ne pas te laisser un peu d'indépendance,
Tu n'es plus un enfant; aussi de ton silence
Quels que soient les motifs, je veux les respecter,
Pourtant si tu fais bien, que peux-tu redouter?
Mais que ton cœur jamais sur le mien ne s'abuse!
Aurais-tu même un tort ayant besoin d'excuse,
Je serai toujours père, un père selon Dieu
Qui croit au repentir par un sincère aveu.
Ton père est ton ami, ton meilleur, que je pense...

PAUL.

O cher père!

M. BONNEFONDS.

Et qui doit avoir ta confiance
En te donnant la sienne.

PAUL.

Oh! père, assurément,
Mon cœur est tout à vous; il n'est pas de moment
Où, s'il pouvait s'ouvrir, croyez-en mon langage,

On ne le vit rempli de votre chère image,
Gravée en traits de feu. Je n'ai pas d'autre amour !

M. BONNEFONDS, ému.

Merci, Paul.

PAUL.

Je voudrais vous le prouver un jour.
De mon bonheur Dieu sait si je le remercie,
Des parents tels que vous si je les apprécie !
Mais vous avez raison, et, fussé-je indiscret,
Quoiqu'il m'en coûte un peu, vous aurez mon secret.

M. BONNEFONDS, vivement.

Non, laissons tout cela ! faut-il d'une chimère
Tant se troubler ? Vois donc, tu fais pleurer ta mère
Et ta sœur ; moi-même... Hum ! grâce à cet étourdi,
Voilà notre potage à présent refroidi. (Il tire sa montre.)
Mais comment donc ! je crois, ma montre est arrêtée.
A la tienne quelle heure ! hein !

PAUL, hésitant.

Je... je l'ai prêtée !

M. BONNEFONDS.

Comment dis-tu, prêtée ? ainsi que ton argent,
Sans doute à quelque ami ; c'est par trop obligeant,
On abuse de toi ; mais on va te la rendre,
Je l'espère, bientôt.

PAUL, troublé.

Je puis sans gêne attendre
Deux ou trois jours.

M. BONNEFONDS.

Non pas, c'est un meuble de prix,
Un cadeau de ta mère... Enfin, tu m'as compris.   [sonne !
Dès ce soir je désire... (On entend sonner.) A pareille heure on
(A Rose qui entre.) Quel est ce visiteur ?

ROSE.

Monsieur, une personne
Qui voudrait vous parler.

M. BONNEFONDS.

Son nom ?

ROSE.

Je n'en sais rien ;
Elle a voulu le taire, et c'est à vous seul...

M. BONNEFONDS.

Bien.
Elle attend au salon ?

ROSE.

Non pas, dans l'antichambre,
C'est une pauvre femme.

M. BONNEFONDS.

En plein mois de novembre!
L'antichambre est si froide. Ignorez-vous, d'ailleurs,
Que j'aime à bien traiter les pauvres visiteurs?
Des égards font souvent plus plaisir qu'une aumône.
Conduisez au salon. Mes chers enfants, ma bonne,
Je reviens, mais pourtant, si je tarde, là-bas,
Découpez cette bête et ne m'attendez pas.

(Il sort.)

Mᵐᵉ BONNEFONDS.

Rose, emportez l'oiseau bien vite à la cuisine,
Afin qu'il reste chaud; hé! dépêchez, lambine,
Nous attendrons, enfants.

ANNA.

Mère, c'est mon désir!
Pour moi, le père absent, rien ne me fait plaisir;
Le mets le plus friand, sans lui, volaille ou tarte,
Me paraît le brouet que l'on mangeait à Sparte.

PAUL, souriant.

Ah! l'on voit que ma sœur ne lit pas de romans;
Elle cite l'histoire... à propos d'aliments.

ANNA.

Méchant!

M. BONNEFONDS, rentrant précipitamment.

Paul, mon cher Paul, bon cœur, que je t'embrasse!
Et moi qui le grondais; ah! j'étouffe!...

PAUL.

De grâce!

Mon père, calmez-vous.

M. BONNEFONDS.

Ta montre, la voilà,

Mon Paul.

PAUL, interdit.

Comment? d'où vient?

M. BONNEFONDS.

Je sais tout; reprends-la;
Et pour tes protégés sois sans inquiétude.
Pourtant du procédé ne fais point habitude,
Avec notre budget on n'irait pas bien loin.
Puis, on peut t'abuser; prends conseil au besoin.
Mais, avec ses grands yeux, notre Anna me regarde;
Eh bien! voici l'histoire :

Au fond d'une mansarde,
Par le hasard, ou mieux par son ange conduit,
Un bon jeune homme hier, trouve, dans le réduit,
Une famille en pleurs, vrai tableau de misère,
Femme, enfants et mari manquant du nécessaire;
Mourant de froid après un jeûne prolongé,
Et de plus sans pitié menacés du congé,
Si l'on ne payait pas le terme échu d'octobre:

— La misère sur eux pesait comme un opprobre. —
Le jeune homme est ému. Trop pauvre pour l'instant,
Il leur donne sa montre et leur dit, en partant,
D'emprunter sur ce gage, et se sauve au plus vite,
Mais en laissant tomber sa carte de visite.
C'étaient de braves gens ; malgré leur pauvreté,
Le bijou précieux m'est par eux rapporté.
Ils ont craint une erreur, et, d'un élan sublime,
Que leur cher bienfaiteur ne devînt la victime,
N'eût peut-être un regret, blâmé par ses parents.

Mᵐᵉ BONNEFONDS, les mains jointes.

Oh ! je suis trop heureuse !

M. BONNEFONDS.

                    Il m'en coûte cent francs ;
Mais tant pis, au budget s'il est une lacune !
Car on voudrait payer au prix d'une fortune
Le bonheur de se dire, en essuyant ses pleurs,
Mon Dieu ; qu'autour de soi battent de pareils cœurs !
Le bonheur d'admirer aussi l'effort stoïque,
Des âmes que grandit un malheur héroïque.
Mon fils, ma fille, oh ! tous, oh ! venez dans mes bras !
Et l'on dit qu'il n'est point de bonheur ici-bas !

LE REVERS DE LA MÉDAILLE.

C'est ici, nous entrons, sans parler au portier,
Chez Monsieur Thomassin, ci-devant bonnetier,
Et rentier maintenant. Il n'eut pas de scrupule
A s'amasser du bien; c'eût été ridicule.
Qui pouvait le gêner, lui, libre et dégagé
Des lisières, dit-il, de tout vieux préjugé?
Exact pour ses billets au jour de l'échéance;
Il ne règle jamais avec sa conscience.
Il vit au jour le jour pour vivre, sans souci
Du compte qu'il faut rendre alors qu'on part d'ici:
Il est propriétaire et père de famille,
Ayant femme coquette, une petite fille
Et deux garçons; dont l'un flâne encor sur les bancs,
Nonchalant écolier; — et l'autre court les champs..

Clerc amateur, je crois, il en prend à son aise ;
Et, bien sûr, du patron n'usera pas la chaise.

Onze heures du matin, l'heure du déjeuner
Chez Monsieur Thomassin. — Monsieur vient de sonner
Pour la deuxième fois, dit Jean, le domestique,
Au cordon bleu. — C'est prêt ! aussi quelle boutique !
Toujours me déranger pour les dames. Là-haut,
On n'en finit jamais. Qu'attendez-vous, badaud ?
Le couvert ? — Il est mis. — Portez les côtelettes.

— Ces femmes, jusqu'à quand dureront leurs toilettes ?
Grommèle Thomassin, ennuyé d'être seul
Et d'attendre. J'ai faim. Notre premier aïeul,
Quel qu'il fût, devait bien mettre au pas sa femelle.
Ah ! enfin. — Vois, papa, vois donc si je suis belle,
Dit la fille accourant, une enfant de seize ans,
Grimacière, assez laide et qui montre les dents.
— Amen ! arrivez donc, la mère avec la fille,
Faut-il donc si longtemps enfin pour qu'on s'habille ?
Voyez moi ; — Toi, papa, c'est différent ; — Aussi,
Dit l'épouse aigrement, vous êtes, Dieu merci,
Costumé, c'est honteux ! — Faut-il que je me gêne
Chez moi ? — Votre concierge est mieux mis. — Une reine
Ferait moins d'embarras que vous ! — Ah ! finissez !
Toujours on se querelle ici ; là, c'est assez !
— Oui, déjeunons ! j'ai faim. Mais Oscar et son frère ?
— Oscar est rentré tard, il dort. — Vie exemplaire !
Rarement à l'étude, encor moins à son cours ;

Où passe-t-il ses nuits? Où passe-t-il ses jours?
Puis, toujours sans argent, il fait partout des dettes.
— A qui la faute? à vous. — A moi! — Vous qui lui faites
Toujours de sots discours; l'exemple vaudrait mieux.
—Comment?—On n'est pas sourde et l'on a de bons yeux.
— Ma femme, s'il vous plaît? — Avec une maîtresse,
Vraiment! c'est bien à vous de prêcher la jeunesse?
— Oh! vous êtes sans doute un modèle excellent;
Il vous écoute, vous, coquette. — Vieux galant.
— Moi, tant pis, je déjeune. Oh! bien, le mariage,
C'est gentil! quoi! toujours des propos, du tapage?
— La petite a raison, Monsieur, faisons la paix.
— C'est bien, c'est bien!—Papa veut-il du beurre frais?
— Passe-moi le jambon. — Tiens, cette côtelette
Est exquise... — Pour qui ce semblant d'omelette?
— Pour le collégien. Tu sais, le vendredi,
Quand la communion approche, il faut! — Hi! hi!
— Pourquoi ris-tu? — Parbleu, de toutes ces sottises,
Qu'on perde ainsi le temps à courir les églises!
— C'est l'usage, et l'on doit... — Papa n'est pas dévot.
— Bien sûr, non, je m'en vante; à d'autres, pas si sot!
Mais voilà le bambin qui revient du collége.   [siége.
Pourquoi si tard, Julien? — Moi! c'est que... — Prends un
— Dam, c'est le professeur. — Dis-tu bien vrai, gamin?
Tu n'aurais pas flâné par hasard en chemin? [de terre!...
— Moi, père, oh! non! — Tes doigts, qui sont tout noirs
Le jeu comme toujours.... et tu mentais, compère.
J'entends que désormais on aille le chercher.

Déjeune maintenant. — Eh bien ! veux-tu pécher,
En prenant du jambon, mon frère ? — Moi je l'aime,
Et vous en mangez bien, vous, même en plein carême.
Tant pis ! et puis d'ailleurs, j'entends bien ce qu'on dit
Chez nous comme au collége. — Allons, tais-toi, bandit,
Et prends ton omelette. — Ah! oui, Julien, sois sage,
Obéis à ton père. — Il faut suivre l'usage,
Ça ne sera pas long, mon garçon, par bonheur.
— Hé! de grâce, monsieur, respectez sa candeur!
— La candeur de ce drôle. — Et tâchez de vous taire,
Qu'il fasse bien, s'il peut, ce qu'il lui reste à faire.

— Enfin Monsieur Oscar, entrant le chef couvert,
Et comme d'habitude il arrive au dessert.   [aimable,
— Bonjour. — Bonjour, mon fils ! — Que mon frère est
Il n'embrasse personne. — A quoi bon? Hé, que diable
M'avez-vous servi là? c'est froid, c'est sec, c'est dur !
— Un mouton excellent ! — Tendre comme ce mur.
Jean, donnez à mon chien ! — Goûte au jambon, mon frère.
— J'en mange tous les jours. — Le maudit caractère !
Tu n'es content de rien, mon cher, et tes façons
Me pousseront à bout. — Ah! nous recommençons?
Le beurre, Irma, qu'aussi je fasse ma tartine.
— Vous perdez le respect ! — Moi ! — Voyez cette mine !
Quelle est votre conduite? Où se passent vos nuits?
Comment employez-vous les jours? — Comme je puis !
Faut-il pas s'amuser pendant qu'on est jeune homme?
— Mais aussi travailler? — Moi ! le travail m'assomme.

Amasser des écus, je n'en ai pas besoin,
Vous m'avez, c'est très-bien! délivré de ce soin.
— Le café, le billard, et la pipe et le reste,
Est-ce donc pour cela qu'on est au monde? — Peste,
C'est déjà fort honnête! Il me parait, à moi,
Qu'on ne peut de son temps faire un meilleur emploi.
— Mais croupir dans le vice ou bien dans la paresse?
— Vous l'avez dit cent fois, vous le dites sans cesse,
Un mort est mort; pour lui tout est fini, bonsoir;
Ainsi sur la bougie on met un éteignoir.
L'âme s'évanouit pareille à la fumée,
Ou reste avec le corps dans la tombe enfermée,
Si vous avez raison, trop peu sûrs après nous
D'autre chose, ici-bas faut-il vivre en hiboux?
Hâtons-nous de jouir avant l'heure fatale!
A mon avis, voilà du sage la morale!
— Elle est belle! — De vous, s'il vous plaît, je la tiens.
Vos principes, mon père, après tout, sont les miens,
Si j'en tire parfois une autre conséquence.
— Taisez-vous, insolent! — C'est là votre éloquence!
— Mon fils, oubliez-vous à ce point tout devoir?
Sans respect pour un père et son sacré pouvoir?   [père...
— Sacré, pourquoi? — Pourquoi? parce qu'un père est
Parce que... la coutume et la loi... — Bah! chimère!
Ce pouvoir on le tient, après tout, du hasard.
— Je... je... tu méritais, vois-tu, d'être bâtard.
— Beau malheur! — Mauvais fils, fils ingrat et rebelle.
— Je suis ce qu'on m'a fait. — La maison paternelle

Se fermera pour toi ; vois ta mère en sanglots.

— Bon ! n'est-elle pas faite à de pareils tableaux ?

— Oh ! tiens, va-t'en, va-t'en ; car la main me démange !

— Doucement, moi non plus, je ne suis pas un ange.

Ça se passerait mal. — Attends, mon drôle... Jean !

— Ah ! mon père, arrêtez, et toi, va-t'en, va-t'en !

— Eh bien ! si l'on me chasse il reste la rivière.

— Oscar ! ah ! Dieu, mon Dieu ! sans pitié pour sa mère

Il est parti. — Laissez, ma femme, il reviendra.

— Et ce soir, ou demain, on recommencera ? —

— Va, nous n'aurions pas eu deux fois pareille scène,

Si... si... qu'il le sait bien ! si ce n'était la Seine.

— Allons, maman, allons ! vite, essuyez vos pleurs !

Vous savez, il nous faut aller choisir nos fleurs ;

Il est tard, j'ai besoin aussi d'une dentelle,

Car j'entends bien, ce soir, n'être pas la moins belle.

Quoi ! Julien mange encor et du jambon ? c'est mal.

Bas. Pourtant je tâcherai que l'on t'emmène au bal.

COMMENT ON SE MARIE.

Oh! *plenis calathis,* oh ! *date lilia !*
Sous un ciel plus riant que celui de l'Hybla,
Dans l'air pur où j'entends murmurer les abeilles,
Que des lis odorants s'épanchent les corbeilles,
Et fêtant leur bonheur par les mots les plus doux ,
Chantons l'épithalame à ces jeunes époux.
Elle est digne de lui comme il est digne d'elle.
Aimables fiancés , des couples le modèle,
A l'autel je les vois s'avancer tous les deux,
Modestes, recueillis, mais laissant, radieux,
Cependant deviner par un grave sourire
Le bonheur qui déborde et n'est point du délire.
Comme tous deux du prêtre ils écoutent la voix,

L'œil humide, échangeant de longs regards parfois !
Comme ils semblent prier ! ô spectacle sublime !
Tous deux, humbles chrétiens, qu'un même cœur anime,
Devant Dieu s'exhalant ainsi que l'encensoir,
Au céleste banquet tous deux ils vont s'asseoir.
A l'entour d'eux aussi, par l'exemple attendrie,
Pour leur félicité comme la foule prie !
Oh ! qui pourrait douter d'un heureux avenir,
Et qu'un pareil hymen Dieu le voudra bénir,
Quand lui-même il unit la plus sainte au plus juste ?

Si, toujours respecté, le sacrement auguste,
Ainsi venait mêler, consacrant ce beau jour,
Son arôme divin au légitime amour,
Verrait-on, dans les cœurs, du levain qui s'irrite
L'aigreur et les poisons fermenter aussi vite ?
Succéder à la joie amertume et douleurs,
Et les yeux rayonnants se noyer dans les pleurs ?
Oh ! non sans doute, non ! Et si le mariage
Qui semblait un Eden, s'attriste par l'orage ;
Si, buvant à longs traits dans la coupe de miel,
On y trouve bientôt et la lie et le fiel,
Faut-il qu'on s'en étonne, alors que, profanée,
D'un hymen criminel la première journée,
En provoquant le Ciel par la dérision,
Sur le couple attira la malédiction ?
Pourquoi si follement l'impiété brutale
Du jour sacré d'hymen fait-il un long scandale ?

Alors qu'on a semé l'ivraie à pleine main.,
Comment espérait-on récolter le bon grain ?

Plus que jamais, hormis dans la plus humble sphère,
Pour la plupart, hélas ! l'hymen est une affaire
Où le vil intérêt se balance avant tout.
Qu'importe si l'épouse est peu de notre goût !
Si, déplaisante à l'œil, difforme créature,
Elle semble accuser l'erreur de la nature ;
Si d'un triste fardeau son corps gémit honteux,
Ou chancelle incertain, traînant un pied boiteux !
Fût-elle sans esprit et sans cœur, il n'importe !
Les prétendants viendront, on sait ce qu'elle apporte...
Ils viendront acharnés, et le sort de l'époux
Auquel échoit la dot fera mille jaloux.
Mais, quand manque l'argent, pour la plus noble femme,
Il est miraculeux aujourd'hui qu'on s'enflamme,
Et la vertu sans tache, unie à la beauté,
Ne peut du moindre attrait parer la pauvreté.
Tout se fait par calcul, vanité, convenance,
Et, des deux parts souvent, avec même imprudence,
Des diamants, un titre, aux yeux de la pudeur,
Même compenseront le vice et la laideur ;
Et la robe de noce et les riches dentelles
Font oublier l'époux à la plupart d'entre elles !
A tant d'hymens fatals est-il autre motif ?
Mais le jeune homme, lui, semble plus positif.
Quand parfois, moins tenté d'orgueil ou d'avarice,

Il écoute son cœur ou plutôt son caprice,
Rarement il consulte, en chrétien sérieux,
S'il n'est pas seulement la dupe de beaux yeux,
Pourtant des vils calculs et de la folle ivresse
Trompeurs sont les conseils. La pieuse sagesse
Veut qu'on pèse, séduit par les seuls vrais trésors,
Si le cœur vaut la dot, si l'âme vaut le corps ;
Surtout si les vertus de l'humble jeune fille
Font entrevoir déjà la mère de famille.

Or l'hymen résolu d'habitude au hasard,
L'un à l'autre inconnus, hélas ! pour la plupart,
Sans s'aimer, les époux s'enchaînent pour la vie.
L'union, par l'Église, oh ! sans doute, est bénie ;
On montrerait au doigt le couple diffamé
Qui s'en dispenserait ; et maint salon fermé
Pour lui du plus grand nombre attesterait le blâme !
Mais ce qu'on voit pourtant n'est-il pas plus infâme,
Quand par le sacrilége, accompli si gaîment,
On ose profaner un double sacrement.
Au sacré Tribunal, où Dieu veut qu'on s'accuse,
On ne va que contraint, plein d'orgueil et de ruse,
Éludant les aveux, et, pécheur abhorré,
L'on sort plus criminel que l'on n'était entré ;
Puis, comme si du prêtre on s'était fait absoudre,
Tranquille cependant, sans crainte de la foudre,
On marche vers l'autel, où, témoins scandaleux,
Je vois les invités qui là, causant entre eux,

En essayant leurs gants, distraits et l'air folâtre
Ou bien impatients, viennent comme au théâtre.
On caquette et l'on rit ; les messieurs sont galants,
Ou sur la chaise assis, d'autres fois nonchalants,
Trahissent leur ennui, tournant le dos peut-être
Au sacrifice auguste et sans souci du prêtre.
Même alors qu'à sa voix du ciel un Dieu descend,
Ce Dieu qui sur l'autel fait ruisseler son sang,
Plus d'un ne daigne pas, immobile à sa place,
S'incliner à demi, quand pour l'homme qui passe,
Riche ou puissant du jour, en courtisan abject,
Se courbant jusqu'à terre il outre un plat respect.

Le plus souvent, d'ailleurs, l'époux donne l'exemple,
Venu par circonstance aussi dans le saint temple,
Sans songer à prier, empressé de s'asseoir,
Et riant à chacun dans son bel habit noir.
Pendant la messe, au loin son œil distrait s'égare ;
Lui voir un livre en main, ouvert surtout, c'est rare ;
Et souvent il ignore, hélas ! le pauvre époux,
Quand il faut se lever ou fléchir les genoux.
Autour de lui qui sait les propos, les murmures,
Et peut-être, ô grand Dieu, les paroles impures
Dont les anges du ciel, prosternés humblement,
Entendent à l'autel le sourd bourdonnement ?
Oh ! dans le lieu sacré quand la pudeur s'oublie,
Ou que l'impiété ses affronts multiplie,
Que sera-ce au dehors, à l'heure où du festin

S'exalte la gaîté par la chaleur du vin?
Ce qu'on entend alors dans les éclats du rire,
A travers les chansons, je n'ose le redire ;
Et souvent c'est, hélas ! un front d'adolescent,
Qui rougit aux propos du vieillard indécent.
Opprobre ! ignominie ! oh ! riez, belles dames,
Raillez, messieurs, plus tard vous pâlirez aux drames,
Peut-être que bientôt, formidable retour !
La vengeance du Ciel, hélas ! aura son jour !
Peut-être, dévorant une plainte furtive,
La bouche qui riait se tordra convulsive !
Au lieu des gais refrains et du choc des cristaux,
On entendra la plainte et les poignants sanglots,
Ou, dénouement terrible ! après mainte avanie,
Les râles déchirants d'une affreuse agonie !
Peut-être le poignard d'un époux assassin
Ira chercher le cœur en traversant le sein ;
Ou l'épouse infidèle, en rêvant le veuvage,
Au mari versera l'homicide breuvage !
Et la victime alors qu'instruit le châtiment,
Peut-être, dans l'horreur du suprême moment,
Comme un spectre verra tout à coup apparaître
Ce premier jour d'hymen, et l'autel et le prêtre,
Et son double forfait, qui, rappelant Judas,
Creusait, parmi les fleurs, l'abîme sous ses pas.

ÉPITRES.

LE PRÊTRE.

A M. L'ABBÉ ***.

> Magna dignitas sacerdotum quibus datum
> est quod angelis non est concessum.
> (*De Imitatione* , lib. IV.)

Te voilà donc, ami... mais non, pour le moment,
Tout entier au respect, craignons le tutoiement.
Prêtre de Jésus-Christ, devant vous je m'incline...
A peine descendu de la sainte colline,
Vous revoyez, ému, les tentes d'Aaron,
Et le baume sacré brille sur votre front.
Oh ! que ce ministère apparaît vénérable !
Oh ! qu'il est glorieux, mais aussi redoutable !
Courbez-vous, rois puissants, ô maîtres des humains,
Devant celui qui porte un Dieu même en ses mains !
Il passe bien avant tous les grands de la terre,
Lui par qui s'accomplit l'adorable mystère,
Et les anges du ciel, prosternés humblement,
Viennent le contempler dans un saint tremblement.

Représentant sacré de Jésus-Christ lui-même,
Qu'il a droit au respect, lui qui, juge suprême,
D'un mot lie ou délie, et, ministre pieux,
Dans ses mains tient les clés qui nous ouvrent les cieux !
Mais de ce saint dépôt il lui faudra répondre.
Juge, il sera jugé par qui peut le confondre,
Heureux si, mesurant sa tâche à son pouvoir,
Il remplit jusqu'au bout son immense devoir.

Du jour qu'il est béni par la main des apôtres,
Il ne s'appartient plus, mais il vit pour les autres,
Nouveau crucifié, martyr du dévouement.
La détresse l'attire ainsi qu'un fort aimant ;
Le prisonnier l'implore, en lui le pauvre espère,
Tout orphelin en lui croit retrouver un père,
Pour lui seul, repentant, le coupable est sacré !
Sur la couche où râlant gît le pestiféré,
Il se penche, il embrasse avec l'amour d'un frère,
Ce front qui repoussait ou l'épouse ou la mère,
Sympathique à l'honneur dans les jours glorieux,
Il sait toujours pleurer avec les malheureux,
Et le cœur tout brûlant d'ardeurs patriotiques,
Il se garde pourtant des fièvres politiques.
Étranger aux partis, dans sa neutralité,
Au-dessus des drapeaux mettant l'humanité,
Quand il descend parfois dans la brûlante arène,
C'est pour rapprocher ceux que divise la haine !
On le trouve partout ! partout ses pas errants

L'entraînent, doux ami, vers les êtres souffrants !
Il fuit avec l'Indien qui cherche un coin de terre
Où déposer enfin la cendre de son père !
Et, grelottant, couché sur une peau de daim,
Dans le canot d'écorce il endure la faim ;
Bravant les ciels en feu de la zone torride,
Il court planter la croix dans le désert aride,
Civiliser le nègre ou mourir au Japon ;
Il se laisse enfumer dans l'antre du Lapon !
Aux bords de l'Orégon, chère est la *Robe noire.*
Et les tribus vaguant sur ce grand territoire,
Têtes plates, Corbeaux, Arikaras, Scioux,
Quand l'homme de Dieu parle, écoutent à genoux !
Le Zélandais impur que le colon repousse,
Voyant à lui venir l'apôtre à la voix douce,
Dit : « O bon Ariki, toi qui nous tends les bras,
Aux méchants étrangers tu ne ressembles pas ! »
Le prêtre ainsi partout, Providence sur terre,
Est l'image de Dieu, visible à la misère.
Honneur à ce clergé qu'on est heureux de voir
Par d'illustres vertus relever son savoir,
Et qui, souvent prêchant d'exemple le fidèle,
Auprès de la leçon met un vivant modèle !

Vous n'avez pas besoin, ami, de mon conseil !
Vous montrer le devoir, c'est montrer le soleil.
Et pourtant permettez que mon humble prudence
Murmure ses avis, discrète confidence.

Dans mon langage ému vous sentirez d'un cœur
Tout fraternel, ami, j'espère, la chaleur.
Pour le prêtre nos temps sont parfois difficiles.
Par un fatal instinct plusieurs lui sont hostiles,
Beaucoup indifférents ou, murmurant tout bas,
Comme envoyé du ciel ne le bénissent pas !
Des regards malveillants l'observent sans relâche !
C'est son métier, dit-on, il accomplit sa tâche !
Pourtant on veut que, même éloigné de l'autel,
Prêtre de l'Évangile, il soit plus qu'un mortel !
Malheur si du soupçon même une ombre l'effleure !
Si transparente aux yeux n'était pas sa demeure !
Puis, mon ami, le monde, avec la chasteté,
Prise, entre vos vertus, surtout la charité,
Craignez de recevoir, donnez le plus possible;
Familier pour aucun, mais pour tous accessible.
J'en connais qui sont saints, dont le cœur chaste et pur
A gardé sa candeur, mais dont l'abord est dur.
Oh ! s'ils pouvaient savoir quel mal fait dans leur bouche
Un mot disgracieux, ce qu'un geste farouche,
Hélas ! peut soulever de colères contre eux,
Ou leur fermer de cœurs souffrants et malheureux !
Dans l'angoisse un sourire est un baume pour l'âme
Que peut au désespoir pousser le mot du blâme.
Le Sauveur fut si bon, si doux, si paternel !
De ses lèvres coulait comme un ruisseau de miel,
Et le cœur le plus froid, tel qu'une cire molle
Aux rayons du soleil, fondait sous sa parole.

Ayez toujours présent ce modèle divin !
Je le sais trop, ami, toujours quelque levain
Demeure au fond du cœur que la grâce parfume !
Le prêtre aussi lui-même est le fer sur l'enclume,
Il passe par l'épreuve et la tentation ;
Et, comme nous, conçu dans la corruption ;
— Ah ! nous l'oublions trop, nous pour lui si sévères —
Avec la grâce il a des devoirs plus austères.
Homme de chair, il faut, en lutte avec les sens ;
Repousser du maudit les efforts incessants.
Priez donc, mon ami, sans attendre l'orage,
Comme un soldat armé, veillez avec courage.
Craignez les progrès lents d'une molle tiédeur
Qui mine sourdement la plus ferme vigueur !
Vous tombez tout à coup, plein de feu, plein de zèle,
Dans un milieu glacé plus encor que rebelle !
Ardent pour la victoire, il faudra voir, hélas !
La résistance inerte éviter les combats ;
L'invincible torpeur de notre indifférence
Tromper obstinément votre vaine espérance !
Oh ! le terrible écueil où plus d'un s'est perdu !
Après quelques efforts, las d'avoir attendu,
On regarde derrière, on hésite, on s'arrête,
On se laisse engourdir, on subit la défaite !
Et l'apôtre dès lors n'est qu'un prêtre banal,
S'acquittant du devoir, comme on lit son journal.
Froidement vertueux, prudemment inutile,
Il s'use lâchement dans un ennui stérile,

Content du *statu quo*, comme un bon citoyen
Qui n'aurait rien à faire et vivrait de son bien.
Mais plus ardent peut-être, en restant sur la brèche,
Le disciple fervent de ce maître qu'il prêche,
Bienveillant mais actif, habile, industrieux,
Et jamais ébranlé dans ses desseins pieux,
Maintenant, étonné d'une moisson si riche,
Il verrait des blés mûrs où le sol est en friche;
Peut-être homme d'élan, moins froid, moins réservé,
Il aurait vu monter le grain de sénevé !

Ami, persévérez, n'importe les obstacles,
Et, comptant sur Dieu seul, espérez des miracles.
Le bras du Tout-Puissant serait-il raccourci ?
Il fut des temps mauvais et pires que ceux-ci ;
Mais les bons ouvriers que, par faveur insigne,
Le père de famille envoyait à sa vigne,
Quel que fût le travail, ne se fatiguaient pas,
Au plus ingrat labeur ils épuisaient leurs bras;
Ils prodiguaient le grain, ô sublime démence !
Au terrain qui semblait rejeter la semence,
Sûrs qu'elle germerait ou plus tôt ou plus tard,
Et que Jésus, d'ailleurs, les suivant du regard,
Pour les récompenser, témoin de leur courage,
Leur gardait une part du céleste héritage !

Ami, j'ai lu naguère, ou quelqu'un m'a narré,
L'histoire d'un grand saint, apôtre vénéré !

Cet élu du Seigneur, plein du feu qui dévore,
A des peuples lointains, infidèles encore,
Allait prêchant la croix ; mais, plongés dans la nuit,
Ces peuples restaient sourds ou l'écoutaient sans fruit.
Moins heureux que saint Paul, l'apôtre incomparable,
Comme lui cependant, brûlant, infatigable,
Sans que le prompt succès couronnât ses efforts,
Il prêchait dans le vide et parlait à des morts.
Bien d'autres ne pouvaient suffire à leurs victoires,
Et lui cueillait encor des palmes dérisoires ;
Ses miracles, frappant parfois les curieux,
A de rares élus à peine ouvraient les yeux.
L'homme de Dieu pourtant poursuivit sa carrière,
Ayant l'air de semer sur le sable ou la pierre,
Et le froment plus tard avait partout germé ;
A peine le tombeau sur lui s'était fermé,
Que d'immenses moissons, du couchant à l'aurore,
Se hâtaient à l'envi de mûrir et d'éclore,
Et des peuples entiers, prompts à se convertir,
Venaient glorifier la tombe du martyr.

A UN POËTE.

Quoi ! tombé de si haut ! de ce faîte sublime,
O poëte, rouler presque au fond de l'abîme,
Toi qui fus comme l'aigle au vol large et puissant?
Oh ! combien j'admirais, naïf adolescent,
De ces rhythmes nouveaux la savante harmonie
Et le bouillonnement de ton mâle génie !
La foule, sympathique, en ses joyeux transports,
Fêtait par ses bravos ces ravissants accords.
Tu planais, tel qu'un roi, sur cette multitude.
Aujourd'hui l'abandon, la morne solitude,
L'oubli silencieux qui s'assied sur ton seuil;
Grand homme, je te plains dans cet immense deuil,
Moi qui relis encor ces admirables pages
Que l'on doit par malheur trier dans tes ouvrages.

Le châtiment, faut-il qu'il soit trop mérité ?
De ta gloire aujourd'hui presque déshérité,
Si tes yeux savaient voir, hélas! voilés peut-être
Sous un triple bandeau, pourrais-tu méconnaître
Le bras du Dieu vengeur qui, lassé d'avertir,
Vint, comme un lourd fardeau, sur toi s'appesantir ?

Pourquoi, si peu fidèle à de sages prémices,
Avoir livré la muse à tant de vains caprices ?
Et pourquoi ton génie, en dépit de ton cœur,
A-t-il donc si souvent glorifié l'erreur ?
Pourquoi faut-il, hélas! qu'une mère chrétienne,
Ce doux ange gardien, ainsi que fut la tienne,
De ton livre, à regret banni de la maison,
Pour sa fille ou ses fils redoute le poison ?
Toi qui, nourri du lait des plus pures tendresses,
Bercé dans la vertu par de saintes caresses,
Son disciple chéri, l'aimant au fond du cœur,
Devais à l'innocence un chaste protecteur,
A la foi dont tes yeux ont pleuré le modèle,
Devais un champion héroïque et fidèle,
Illustre infortuné, si loin d'être méchant,
Comment as-tu glissé sur le fatal penchant,
Peut-être encor fermant les yeux à la lumière ?

Je ne suis pas de ceux qui te jettent la pierre
Avec un froid dédain! Quand je vois sur ton front
Les traces de la foudre, oh! je blâme l'affront!

8*

Mais, dans ma sympathie ardente et véritable,
Je dis : Le châtiment sera-t-il profitable ?
Ne va-t-il pas toujours, hésitant et penché,
Dans ces sentiers du doute où trop il a marché ?
Si plus grave aujourd'hui, dans l'étude il s'isole,
Sur cette mer profonde il erre sans boussole,
Et, pareil au marin lassé d'un vain effort,
Il ne sait point tourner ses regards vers le port.
Pourquoi du repentir donnant l'auguste exemple,
Ne pas avoir repris le chemin du vieux temple ?
Des hautes facultés dont le Ciel lui fit don,
Il a tant abusé !... cherche-t-il son pardon !
Ne comprendra-t-il point qu'une œuvre expiatoire,
Seule, peut aujourd'hui purifier sa gloire,
Et pour se relever qu'il n'est plus qu'un moyen :
« Par un saint prêtre absous, se relever chrétien. »

A UN SOLDAT ARTISTE.

Bien, mon jeune soldat, oh ! je t'approuve, moi,
Ami, de tes loisirs c'est faire un digne emploi ;
Et j'aime à voir ta main, noblement occupée,
Du pinceau se saisir, en déposant l'épée.
Tu choisis bien ton maître, Eustache Lesueur,
Grand homme à la fois grand par l'esprit et le cœur ;
Admirable génie, à la fois doux et grave,
Chaste et mâle, bien fait pour te plaire, mon brave.
Oui, devant ces chefs-d'œuvre, enchantement des yeux,
On se recueille ému d'une sentiment pieux.
A ce contact d'une âme élevée et sublime,
L'âme, n'est-il pas vrai? s'agrandit et s'anime.
Poursuis, cela vaut mieux, jeune homme intelligent,
Que de perdre au café son temps et son argent,
Comme fait le grand nombre ! Oh ! la triste existence !
Par le jeu puéril nourrir son indolence,

Tout le jour, au billard ou les cartes en main,
Ne quitter que le soir en disant : A demain !
Et n'avoir d'autre but, ce semble, sur la terre,
Qu'un misérable gain, le gain d'un petit verre !
Quel plaisir ! comprend-on qu'il plaise à tant de gens ;
Que des hommes de cœur, souvent intelligents,
Dans les estaminets, quand tu tiens la palette,
Enfument tristement l'héroïque épaulette !
Jeune homme, honneur à toi qui, d'un bel art épris,
De ce temps qu'on gaspille as mieux connu le prix.

Le métier de la guerre est un métier illustre,
Mais la gloire des arts lui donne un nouveau lustre.
Si la paix au repos contraint ton dévouement,
A ce cœur chaleureux il faut un aliment.
Il est beau de voler où l'honneur nous convie,
Pour défendre le sol au péril de sa vie ;
Pour le salut de tous, à l'ombre du drapeau,
Mourir ! ah ! ce destin sans doute est le plus beau !
Mais il est glorieux aussi, digne d'estime,
D'honorer son pays par un talent sublime,
Et génie inspiré, marquant sa place à part,
De s'immortaliser par un miracle d'art !
Trop heureux qui pourrait réunir les deux gloires,
Grand artiste et guerrier fameux par ses victoires ;
Et saurait, aspirant à l'éclat d'un grand nom,
Mériter par deux fois l'honneur du Panthéon !

ANGE DE FIÉSOLE.

Dans l'histoire de l'art il est des noms magiques,
Des noms attendrissants, augustes, magnifiques,
Qui font pâlir les noms des plus fiers empereurs.
Leur gloire sympathique est chère à tous les cœurs.
Comme contemporain de ces grands personnages,
On remonte avec eux le cours lointain des âges;
Dans leur carrière illustre on les suit pas à pas;
Et nous donnons encor des fleurs à ton trépas,
O divin Raphaël; nous pleurons sur ta cendre,
O toi, bon Lesueur, dont l'âme était si tendre !
Mais entre tous les noms, touchants et radieux,
En est-il un plus pur et qui rayonne aux yeux
Dans le suave éclat de sa sainte auréole
Autant que fait le tien, bienheureux Fiésole ?

Aussi tu fus unique, et d'un siècle de foi
Tous les pieux élans se résument en toi.
Jamais plus digne main ne toucha la palette,
Et l'art ne s'applaudit d'un plus noble interprète.

O grand peintre, le cœur brûlant d'un double feu,
Tu vivais tout entier pour ton art et pour Dieu,
Et ton travail n'était qu'une ardente prière !
Que de fois tu peignis à genoux sur la pierre,
Abimé dans l'extase et l'œil baigné de pleurs,
Tandis qu'à tes côtés, choisissant les couleurs,
Un ange conduisait sur la toile vivante
Ta main en se jouant si libre et si savante,
Cette main qui, jamais rebelle à ton transport,
Ne sentit la fatigue et n'eut besoin d'effort.
Toujours la ligne heureuse, au premier coup tracée,
Dans les effusions de ta sainte pensée,
Arrête le contour harmonieux et pur !
Sans hésiter jamais, ton pinceau ferme et sûr,
Obéit, traduisant, dans d'admirables pages,
Les élans de ton cœur en visibles images.
Il ignore l'angoisse et les tâtonnements,
Si douloureux pour nous, des longs enfantements.
Aussi, comme on sent bien, dans ton œuvre sacrée,
Tous les ravissements de cette âme inspirée,
Et l'amour ineffable et la sérénité
D'un esprit tout-puissant dans son humilité !
Sur les traits de tes saints quelle beauté divine !

Et quelle expression rayonnante illumine
Le front de tes docteurs, des martyrs glorieux,
Dans ce *Couronnement de la Reine des cieux* ?
De ces blonds séraphins où pris-tu les modèles ?
Giovanne, l'un d'eux, te prêta-t-il ses ailes,
Pour égarer ton vol parmi leurs légions ?
Non, plutôt, descendus des saintes régions,
Émus de ta candeur humble jusqu'au scrupule,
Ils venaient tour à tour poser dans ta cellule,
Artiste merveilleux, et l'exemple immortel
De tous ceux pour qui l'art est le chemin du ciel.

VIOLETTE.

A UN VOYAGEUR,

Voici donc, mon ami, cette naïve histoire
Dont tu veux le récit, autant que ma mémoire
A gardé les détails. Prisonnier aujourd'hui,
Car il pleut, en causant, j'oublirai mon ennui.
Toi sans doute, là-bas, loin, bien loin de la France,
Tu comptes, voyageur, sur ma correspondance.
Mais il faut te borner à ce simple billet,
En guise de prologue à mon premier feuillet.

VIOLETTE.

Ainsi la nommait-on, une enfant blonde et frêle,
Avec l'œil clair et doux, l'œil de la tourterelle,
Le sourire candide et le front rougissant,
Un cœur d'or, comme on dit, tendre et compatissant,
Douze à treize ans à peine et déjà la plus sage
Et la plus belle aussi des enfants du village;

La première à l'église où chacun l'admirait,
En disant : « De sa mère elle est tout le portrait.
Combien la pauvre femme aurait été joyeuse,
De la voir, chère enfant, si belle et si pieuse !
Mais sa mère la voit, car sa mère est au ciel. »
Et l'enfant à genoux au pied du saint autel
Épanchait tout son cœur dans une humble prière,
Et ne se croyait plus orpheline et sans mère,
Quand la céleste image avec Jésus, là-bas,
Paraissait lui sourire et lui tendre les bras.

Rose fut le vrai nom qu'elle eut à son baptême ;
Sa mère, en l'embrassant, expira le soir même.
Le père, vieux soldat, mutilé, glorieux,
Revint, hélas ! trop tard, pour les derniers adieux.
Et seul il lui fallut, presque dans la misère,
Hélas ! presque réduit au sort de Bélisaire,
Élever l'orpheline. On vécut malheureux
Du secours de l'état bien chétif pour tous deux ;
Et du faible travail que son bras moins solide
Pouvait, de temps en temps, permettre à l'invalide.
Bon père, ainsi l'enfant ne dut qu'à son amour,
Avec l'aide de Dieu, le pain de chaque jour.
La tendresse de Rose était sa récompense,
Et puis tant de vertus la paraient dès l'enfance !
S'il la grondait parfois, c'est qu'un pauvre ayant faim,
Ou le chien de l'aveugle avait mangé son pain.

Et Dieu sait quels projets troublaient sa jeune tête,
Quand du bon vétéran elle attendait la fête,
Qui fut aussi le jour où l'étoile d'honneur,
Don d'une auguste main, fit tressaillir son cœur.
Comme on solennisait ce grand anniversaire !
Aux autres jours souvent manquait le nécessaire,
Gaîment on l'oubliait dans ces jours de festin ;
On tuait le veau gras, c'est-à-dire un lapin ;
De la cave on tirait la bouteille dernière ;
Dessert avec café. — Puis à la boutonnière
Du vieil habit brillait un beau ruban tout neuf,
Rouge et splendide à voir sur la panne d'Elbœuf.
« Oh ! père, lui disait alors la jeune fille,
Un ruban, c'est très-beau, mais, vois, quand il s'habille,
Monsieur le Maire, lui, toujours il met sa croix ;
Et j'aimerais à voir la tienne quelquefois,
La croix de l'Empereur ? — Mais ce n'est plus l'empire,
Petite, répondait l'autre avec un sourire ;
Ma croix n'est plus de mode ; et que sert d'y penser ?
Dans la boîte, ma fille, il vaut mieux la laisser.
Et l'ancien entamait vite quelque épisode
De Russie ou d'ailleurs.

En fouillant la commode,
Vieux meuble de noyer tout piqueté des vers,
Rose, aux premiers beaux jours qui suivent les hivers,
Découvrit, par hasard, sous quelques paperasses,
Un papier où des pleurs on croyait voir les traces,

Un papier déjà vieux, tout froissé, sale et gris ;
En tête un imprimé suivi de mots écrits :
Mont-de-piété, *prêt*... et toute la formule,
Que nous savons par cœur y compris la virgule.
Le bijou glorieux, signe de la valeur,
Rose l'apprit ainsi, dans les jours de malheur,
Où l'on manquait de pain, engagé par son père,
Avait été perdu pour le propriétaire ;
Par quel motif, hélas ! sans peine on le comprend...
Rose comprit ainsi pourquoi du vétéran
Veuve depuis longtemps était la boutonnière.
Or, on entrait en mars ; la saison printanière
Approchait, avec elle avril et saint Léon.
Le soldat vénérait cet illustre patron.
Lui racheter sa croix pour la fête prochaine,
Rose l'eût bien voulu ! Mais espérance vaine !
Où trouver tant d'argent, où trouver ce trésor !
La Seine dans ses eaux ne roule pas de l'or !
Ouvrière novice aussi, la jeune fille
Ne pouvait de longtemps compter sur son aiguille ;
Elle y rêvait sans cesse.

Un jour, sous les buissons,
Où gazouillaient déjà fauvettes et pinsons,
Dans l'herbe, elle aperçoit de fraîches violettes,
A l'envi, par milliers ouvrant leurs cassolettes.
« A la ville, je crois, on en fait des bouquets,
Qu'achètent volontiers les jeunes freluquets !

Son parfum plaît encore aux belles demoiselles,
Curieuses de fleurs non moins que de dentelles.
Si j'essayais, dit Rose! Et pourquoi pas, vraiment?
Bon, ce travail pour moi, ce n'est qu'amusement! »
Et Rose, sans tarder, de se mettre à l'ouvrage!
Prompte fut la moisson! On a tant de courage
Quand la main suit le cœur...

                       L'enfant près d'un ruisseau
Arrange ses bouquets, et part comme un oiseau.
Un ciel d'azur lui rit; la fraîche matinée
Promet aux voyageurs une belle journée;
Légère, impatiente, et le cœur agité
Par l'espoir, elle vole à la grande cité.

En priant Dieu tout bas, Rose près d'une église,
— Ailleurs, comment l'oser? — à la foule indécise
Présente ses bouquets. L'air doux et gracieux
De l'enfant, la candeur qui rayonne en ses yeux,
Son simple ajustement qui plaît par la décence
Et pare sa beauté d'un voile d'innocence,
Pour elle tout dispose, et bientôt de sa main
Glisse plus d'un bouquet. — Quand un Monsieur, soudain,
Adonis de comptoir, à la mise équivoque,
Faisant sonner bien haut la douteuse breloque,
D'un air délibéré s'approche en ricanant.
Rose aussitôt confuse, et pâle et frissonnant,
Recule avec effroi. De l'église une femme

Jeune et belle sortait. — « Protégez-moi , Madame ,
Lui dit la pauvre enfant qui , les yeux gros de pleurs ,
En joignant les deux mains , laisse échapper ses fleurs.
L'air sot , la tête basse , et moqué par la foule ,
A travers les railleurs le damoiseau se coule.

Rose jette à ses fleurs un regard de côté ,
Tout est dans le ruisseau. La dame avec bonté
L'interroge, et l'enfant à l'aimable inconnue
A livré le secret de son âme ingénue.
Comme une autre Perrette en montrant sa moisson
Qui jonche les pavés : « Ah! c'est une leçon,
Dit-elle, tristement, dans son naïf langage,
Je n'y reviendrai plus, et pourtant c'est dommage ,
C'est dommage, le père eût été si content ! »
La dame l'éloignait du cercle en l'écoutant.
— « Vous y teniez donc bien? — Oh! dà, je puis le dire...»
La dame souriait avec ce doux sourire
Que sur nos lèvres met un noble sentiment
Et qui rend plus aimable un visage charmant.
Prenant le bras de Rose, elle ouvre la boutique
D'un orfévre voisin qui causait politique.
— Veuillez montrer ces croix? dit-elle au joaillier,
Décrochant, empressé, croix, bagues et collier.
— Allons, choisis, petite, et choisis la plus belle.
Rose ouvrait de grands yeux : — Mais, Madame, fit-elle,
Rouge comme une pêche, oh ! pardon, je ne puis...
Et l'argent pour payer ! Car, je n'ai rien, je suis...

— Une gentille enfant qui mérite qu'on l'aime.
Si tu n'as rien, — hélas! — c'est tant mieux pour moi-même,
Moi qui puis satisfaire à ce vœu de ton cœur ;
J'ai ma bourse, pour toi la bourse d'une sœur.
Le bon Dieu me rendra. Mais non, tu peux, ma belle,
Toi-même, t'acquitter de cette bagatelle.
Rose embrassait sa main. — Tout ce que vous voudrez;
Oh! tout! — Mais prends d'abord! Les yeux comme
Rose enfin se décide et, d'une main tremblante,   [égarés;
Indique en hésitant la croix étincelante,
Dont le marchand reçoit en s'inclinant le prix.
On sort. L'enfant se tait, mais la dame a compris
Ce que dit son regard si la bouche est muette.
Enfin elle murmure, avec sa voix fluette,
En prenant le cadeau.: — Mon Dieu, c'est à genoux
Que je voudrais, Madame, oh! que faire pour vous?...
— Enfant, chaque matin, sur l'autel de la Vierge,
Durant le mois de mai, déposer, près du cierge,
Un bouquet de ces fleurs, doux gage de ta foi;
Puis, en priant alors, te souvenir de moi !
— Je le ferai, Madame, heureuse de le faire,
Je prierai bien pour vous en songeant à ma mère.

Rose au logis revint. A son père, en pleurant,
Elle conta l'histoire, et le bonheur fut grand
Le jour qu'il mit la croix avec son épaulette...
Et Rose de ce jour se nomma VIOLETTE.

L'AVENIR.

AU LECTEUR.

> Cependant un instinct invincible me
> dit que nous verrons sortir de là quel-
> que chose de merveilleux.
> (DE MAISTRE, *Lettres*.)

Lecteur, vous me croyez sans doute misanthrope,
Je gronde bien souvent en abusant du trope,
Soucieux avant tout, n'importe la façon,
D'imprimer dans l'esprit fortement la leçon.
Pourtant je ne suis point, critique inexorable,
Le médecin jugeant notre plaie incurable,
Et que d'un monde absurde où tout va de travers
Il faut fuir loin, bien loin des fous et des pervers.
Non, je trouve à blâmer, et je ne puis m'en taire :
Les méchants sont nombreux sur cette pauvre terre !
Mais à côté du mal, avec bonheur, chrétien,
J'aime à le proclamer, on voit souvent le bien.

Partout contre Satan le bon ange milite !
Laissons se lamenter un nouvel Héraclite ,
Qui, choqué justement de vices odieux ,
Sur de plus doux tableaux craindrait d'ouvrir les yeux ,
Et, dans le parti pris de son humeur chagrine ,
Se complaît dans sa fausse et lugubre doctrine ,
Voulant que sur ce globe, abandonné du Ciel ,
La vertu sans espoir n'ait plus un seul autel ;
Erreur, aveuglement, dont j'ignore la cause !
Non ! non ! l'œil qui sait voir, attendri , se repose
Sur maint objet touchant, aimable, gracieux ,
Qui dans l'homme trahit le chef-d'œuvre des cieux.
Plus d'un contraste heureux réjouit et console ,
Et toujours quelque part le dévouement s'immole.
Malgré les jours mauvais, le zèle du Seigneur ,
La ferveur d'autrefois embrase plus d'un cœur.
Nous entendons toujours sous les voûtes antiques
D'harmonieuses voix chanter les saints cantiques !
Sans doute en d'autres lieux trône l'impiété ;
L'immense foule vit dans un air empesté ,
Mais la vérité sainte a ses âmes d'élite ,
Et sourit, mère tendre, à plus d'un prosélyte.
Tous les jours on la voit, d'un effort assidu ,
Reprendre à l'ennemi quelque terrain perdu.
Vous trouvez que c'est peu dans votre impatience ,
Mais Dieu fait tout mûrir avec sage prudence :
Ce chêne gigantesque et jusqu'aux cieux monté ,
Ne fut d'abord qu'un gland dans la terre jeté ,

Puis un frêle arbrisseau dont le rare feuillage
N'eût pas abrité même un oiseau de l'orage;
Puis il devint un arbre, et, bravant les autans,
Croissant de siècle en siècle, en ses progrès constants,
Et, forêt à lui seul, il pourrait sous l'ombrage
De ses vastes rameaux abriter un village.

Voyez: dans le chaos de ce monde agité
Tout converge aujourd'hui vers la grande unité.
Qui donc a triomphé du Christ ou de Voltaire?
La foi, dont on doutait, reconquiert l'Angleterre,
Étonne l'Allemagne; en noyant dans le Rhin
Ce honteux avorton dont Joseph fut parrain.
La savante Allemagne, en savourant sa bière,
Comme un homme endormi qui rouvre la paupière,
Semble prendre en dégoût l'indigeste poison
De tant de fous parlant au nom de la raison.
Le Kantisme est en baisse, et la Prusse hérétique,
Elle-même tressaille au souffle catholique!
Que dirai-je? tandis que, par delà les mers,
L'apostolat au loin sillonnant les déserts,
Force le paganisme à secouer ses fanges,
Le schisme grec enfin s'agite dans ses langes,
Et d'Athènes, qui peut redevenir sa sœur,
Rome, en bénissant Dieu, fête l'ambassadeur.
Et qui sait si le Russe, ignorant et tenace,
Enseveli là-bas dans la neige et la glace;
N'a pas d'un jour plus pur entrevu la clarté,

Crépuscule lointain, aube de vérité ?
Nos fiers penseurs disaient : Le vieux catholicisme
Est un culte aux abois, débris du fanatisme !
Pour le galvaniser on fait un vain effort.
Voyez, il agonise, il se meurt, il est mort.
Prophètes idiots ! Raillons leurs prophéties
Par les événements aussitôt démenties !
Leurs feuillets dispersés sont le jouet du vent,
Et Jésus-Christ jamais n'apparut plus vivant !
L'ardente charité, toujours aussi féconde,
De prodiges nouveaux vient étonner le monde.
La sœur de Saint-Vincent, se vouant à l'exil,
Vole instruire et soigner les nègres du Brésil.
L'Afrique la connaît et Smyrne la vénère,
Quand l'Europe bénit cet ange de la terre.

Mais voici que l'amour, enflammant d'autres cœurs,
Tout à coup aujourd'hui lui suscite des sœurs.
Nous voyons de nos yeux ces scènes émouvantes ;
La sainte pauvreté trouve encor des servantes,
Des anges de vertu qui, dans leur dévouement,
Bravent tous les dégoûts d'un affreux dénûment,
Et par leur héroïsme, à notre indifférence,
Des plus beaux jours de foi, rappellent l'assurance.
Dans ce siècle appelé souvent par nous mauvais,
Ah ! de la charité comptez tous les bienfaits :
De vastes Hôtels-Dieu dans les plus humbles villes,
Des écoles partout, des crèches, des asiles ;

Maisons pour les vieillards et pour les orphelins ;
Secours à l'indigence et par les nobles mains
De ces bons jeunes gens qui, par toute la France,
Ont popularisé le nom de *Conférence ;*
L'ardente charité, constante en ses efforts,
N'oublie aucun des maux de l'esprit et du corps.
Sous des noms si divers, et modestes comme elle,
Que d'œuvres attestant sa bonté maternelle !
L'Œuvre qui, rayonnant sur nous d'un tel éclat,
Remplit le monde entier de son apostolat,
Et, grâce aux millions que produit une obole,
Fait entendre partout la divine parole ;
L'œuvre des Prisonniers et des Convalescents ;
Celle des Ouvriers et des Adolescents ;
L'œuvre de Saint-Régis et de la Sainte-Enfance,
De la Compassion et de la Providence ;
L'œuvre du Choléra, des Sourds et des Muets,
Et tant d'autres encor que malgré moi je tais.
Mais pourrais-je oublier l'inouï phénomène
De ces ordres fameux que le temps nous ramène,
Dont tant de sympathie, après l'étonnement,
Semble aujourd'hui partout fêter le dévouement ?
Du jésuite le nom n'est plus impopulaire,
Et ne provoque plus d'imbécile colère ;
Paris, si bienveillant pour le dominicain,
Avec des yeux amis revoit le capucin ;
Tandis qu'un zélé prêtre, au nom de l'Oratoire
Veut du plus beau des noms associer la gloire.

Sans doute il reste à faire, oh ! sans doute, et beaucoup;
La moisson n'est qu'en germe, attendez au mois d'août !
On ne récolte pas, dès qu'on fait les semailles.
En maint endroit le sol est couvert de broussailles,
On se ressent encor d'un long ébranlement,
L'édifice nouveau s'y fonde lentement.
Mais courage, un bras fort soutient nos bras d'argile,
Le siècle à son insu subit notre Évangile.
Oh ! si la charité, qui médite ses plans,
Peut librement un jour céder à ses élans !
Que ne verra-t-on point ? O pensers doux et graves !
Si l'on sentait tomber les dernières entraves,
Si le zèle chrétien, en les voyant briser,
Pouvait tout ce qu'il rêve et ne tremblait d'oser !
Si l'État par ses mains épanchait cette aumône,
Que souvent, mal servi, par les bureaux il donne;
Puis si la charité, pour aider ses efforts,
Riches, plus largement puisait dans vos trésors ;
Si vos cœurs, réchauffés par sa flamme héroïque,
Battaient à l'unisson du grand cœur catholique,
De tous les malheureux elle essuirait les pleurs.
La faim, spectre livide aux terribles pâleurs,
En la voyant venir avec les deux mains pleines,
La faim, hôte effrayant qui fomente les haines,
Qui pousse le malheur aux affreux désespoirs,
Égare l'innocence, où manquent les ouvroirs,
Devant elle fuirait, et du crime ou du vice
Ne serait plus, hélas ! si souvent la complice;

L'infortune aux abois, quand lui manque le pain,
Sans craindre les refus, du moins tendrait la main.
Si tous étaient chrétiens, mais zélés et sincères,
Comme on verrait soudain s'alléger les misères!
Oh! quel temps brillerait! quel siècle merveilleux
Si tous sentaient renaître en leur cœur chaleureux
La foi des anciens jours avec des mœurs plus douces!
Non! plus de crainte alors des funestes secousses!
Si tous étaient chrétiens comme on le fut jadis;
La terre deviendrait bientôt un paradis.

TABLE.

FIN DE LA TABLE.

Le Mans. — Imp. de Julien, Lanier et C.

DU MÊME AUTEUR :

Les Orphelines, in-8° . . . .   3 fr.

Épitres et Satires, in-8°. . . . .   3 fr

Le Soldat, 2ᵉ édition, in-32. . . . .   50 c.

Causeries d'un artiste, brochure in-8°.

Remerciment, brochure in-8°.

EN PORTEFEUILLE :

Loisirs du Soldat et de l'Artisan.   (Prose).

Les bonnes Gens.   (Prose).

Études d'Art.   Prose et vers).

Le Mans. — Imp. de Julien, Lanier et Cⁱᵉ.